OSKAR SODUX

# NEUES AUS ALLERWELT

OSKAR SODUX

NEUES AUS ALLERWELT

Erstausgabe

Cover von Heike Küster und Layout von M. Schädel, Achilla Presse Butjadingen.
Gesetzt in der DTL Fleischmann.
Gedruckt bei FINIDR.
www.achilla-presse.de
Hauptstraße 80, 26969 Butjadingen
ISBN 978-3-940350-05-3

OSKAR SODUX

# NEUES AUS ALLERWELT

ROMAN

ACHILLA PRESSE VERLAGSBUCHHANDLUNG
BUTJADINGEN · JESTEBURG · EGGELINGEN

# KAPITEL I

Bezeloh.

Im dritten Stock.

Steht im Rahmen seiner Küchentür und wichst seine schweren Arbeitsstiefel ein.

Über die Straße.

Auch im dritten Stock.

Sitze ich an meinem Küchentisch und esse noch eine Scheibe Brot mit Zwetschenmus.

Viel zu früh. Das verstehe ich als unverschämt großzügigen Vorschuss auf diesen Tag, der noch gar nicht richtig da ist. Gut gelaunt und gönnerhaft sitze ich am Tisch, als ginge selbst der Lärm der frühen Vögel auf meine Rechnung. So erwacht auch unsere randständige Weltecke zum Leben: unter übertrieben euphorischem Vogelsang.

Aus vielen Schornsteinen steigen noch ganz farblose Fäden bleichen Rauchs in den heraufdämmernden Morgen. An diesen zarten Fäden hängen die langen Zeilen dreigeschossiger Siedlungshäuser, zu beiden Seiten des Königsberger Stieges, vom bleichen Himmel. Auf niedergemähten, mageren Grünstreifen vor den Häusern weidet kugeliges Buschzeug, das aussieht, als könne es einsetzender Präriewind jederzeit durch die Straßen treiben. Ein paar Mickerbirken im besten Mannesalter rascheln dürr mit lichtem Laub.

Die langen Parallelen der Häuser fluchten mit ihrer fensterlosen Schmalseite, dem stumpfen Bug, auf die große Ausfallstraße zu. Hier brandet, ihnen vor der Stirn, das städtische Straßenrandgrün auf. Mehr so ein Lärmschutzgrün. Woraus jetzt unverdrossen der jubilierende Lärm der Drosseln platzt. Manchmal blüht es fahlgelb bis schmutzig weiß. Manchmal riecht es klebrig und vergoren. Immer ist es grau, das Immergrün.

Eine kniehohe Betoneinfassung allein hindert es, auf den Bürgersteig zu schwappen.

Der Königsberger Stieg: ein Stichweg nur, mit Wendehammer, durchteilt diesen Lärmschutzbusch und mündet in die große Überland-, die Aus- und Einfall-, die Bundesstraße auch. Eine ganz wichtige Verkehrsachse, die hier, wie ich tief empfinde: genau hier, einen fast idealen Punkt erreicht. Die Straße steigt, von den Orten vor den Vororten kommend, sachte an und erreicht ihre höchste Höhe hier. Eine ganz seichte Höhe ist das. Nur eine um ein Geringes stärkere Wölbung des gemeinen Erdkugelrundes. Von hier an senkt sich die schnurgerade Straße in die Stadt ab. An diesem Punkt aber hat sie ein Höchstmaß an Perfektion erreicht. Von hier aus sieht man über die, allerdings recht bescheidenen, Türme der Stadt hinweg. Von hier aus kann ich den Blick, ohne den Kopf zu heben, im Himmel hoch über den Vororten schweben lassen. Hier ist die Straße vierspurige Verbindung zwischen zwei gleich weiten Himmelsteilen. Von hier aus ist es ganz leicht, sich da-, oder dorthin fallen zu lassen. Von diesem auch toten Punkt aus. Der zwischen allen Möglichkeiten verharrt.

Gegenüber: das andere Ufer der Straße. Geschlossene Bebauung aus Kaisers Zeiten. Die, die sich noch beeilt haben, einen Fuß in die Stadt zu kriegen. Zweigeschossig. Stuck, der mit seinem Fadenschein die einfallslose Schmucklosigkeit der Häuser nicht überschminkt, sondern unterstreicht. Oben viele leer stehende Wohnungen, unten Läden: Elektro, Tabak, Lotto Toto, Spielsalon. Auch noch eine Rosschlachterei. Und davor, genau gegenüber der Einmündung des Königsberger Stieges: ein Bushaltehäuschen. Kein lichter, städtischer Glaspavillon. Eine von den rundum vernagelten Buden, mit tief herabgezogenem Dach, wie sie längs der Landstraßen stehen. An denen entlang sie mitunter, wie eben hier, bis in die Städte dringen, um dann dort das wirkliche Ende der Stadt zu markieren.

Aufdringlich muss sich fühlen, wer in ein solches Wartehäuschen hineinblickt. Fährt man nachts im Auto, immer hinter den Scheinwerfern drein, den Königsberger Stieg hinunter, durch das Lärmschutzgrün, das plötzlich und schwarz einen gewaltigen Satz auf das Auto zumacht, um dann gleich und wieder grau zu verharren, als wäre nichts gewesen, ist es auch schon passiert: die Scheinwerfer leuchten jetzt gegenüber in das Bushaltehäuschen, dass es bersten will vor Licht und Schatten. Und ein Jemand, der darin auf der Bank liegt, rollt sich seufzend zusammen und versucht nicht aufzuwachen. Man selber im Auto: hellwach, ganz allein und tief beschämt über die eigene Indiskretion.

Also: ohne mich. Ich bin früh dran und hab Zeit. Schmiere mir in aller Ruhe eine weitere Zwetschenmusstulle. Für alle aber, die jetzt neugierig geworden, gerne einen verstohlenen Blick in dieses Kaleidoskop von einem Bushaltestellenwartehäuschen werfen würden, treibe ich einen ortskundigen Führer, einen dreisten Moderator, auf, der euch helfen soll, die herbeigeredete Scheu zu überwinden. Ein geckenhaftes Männchen. Meister der jovialen Geste, trägt einen witzig gemeinten Freizeithut, mit ganz verkrempelter Krempe. Und am Hals baumelt ihm eine silberdurchwirkte Krawatte, passend zu seinem silbrigen Anzug. Ein Kleingärtner aus einem Science-Fiction. Kommt mir trotzdem ganz vertraut vor, wie er da im frühen Dämmer mitten auf der Straße herumfuchtelt. Läuft wirklich mitten auf der vierspurigen Straße, von den Vororten her, kommt auf euch zu. Nimmt euch nicht wirklich an der Hand, aber macht ein vergnügt verschmitztes Gesicht. Ihr sollt ihm folgen, gestikuliert er. Und übertrieben wie ein Pantomime, auf Zehenspitzen, aber geduckt, die Knie bei jedem Schritt fast bis an den Bauch ziehend, schleicht er euch vorweg. Auf das Kabuff von einem Wartehäuschen zu. »Still! Still!«, macht der Zeigefinger vor seinen Lippen. Als er das Häuschen erreicht, richtet er sich entspannt zu seiner mittelmäßigen Größe auf, entlarvt gutmütig und gut gelaunt sein kleines Theater und fordert euch auf, einen Blick in diese »Camera obscura«, wie er sagt, zu werfen.

Drei Jungs, die heute Nacht noch nicht geschlafen haben, sitzen im Bushaltehäuschen. Die drei haben ihre Beine weit von sich gestreckt. Ihre Schirmkappen verdreht und in den Nacken geschoben. Lehnen aneinander und an der Rückwand der Bude. Verkneifen sich ein Frösteln. Streuen träge das ein oder andere Maulvoll Gereiztheit übers Pflaster. Der Vogelsang, der ihnen doch ankündigt, dass sie es bald überstanden haben: zu laut! Der bleiche Himmel, der die Sonne herbeisehnt, wie sie selbst, die längst leer gelaufen, dann eine ganze Nacht nicht geschlafen haben werden: zu grau!

Haben sich ungelenk und ein wenig ratlos umgetan, in einem ihnen noch fremden Teil der Welt. Haben die liebe, lange Nacht wilder Mann gespielt. Zoff und Zinnober. In Kneipen und Kaschemmen sind sie den Leuten auf den Nerv gegangen, die gelernt haben, solche einmaligen Vorstellungen auch in der x-ten Wiederholung geduldig zu ertragen. Haben Barfrauen genervt, die leise in polierte Gläser lächelten und an ihren Feierabend dachten. Und jetzt, da diese lange schon schal gewordene Nacht auf ihr überfälliges Ende zugeht, sind die Jungs froh über die Intimität, die ihnen die Konstruktion dieses Landstraßenbushaltehäuschens gewährt. Und starren stur hinaus, auf dieses kleine Stückchen Bürgersteig unter dem Haltestellenschild. Dahin, wo ihr jetzt steht. Dicht gedrängt. Ganz vorn euer Reisegruppenführer in Silber, steht ihr auf dieser kleinen Bühne. Denn als eine solche muss den

Insassen eines Bushaltehäuschens der beschriebenen Art der kleine, zufällige Ausschnitt der Welt, auf den allein sie freie Sicht haben, erscheinen: immer eine kurze Strecke gepflasterten Bürgersteigs als Bühnenboden, dahinter wechselnde Kulisse. Je nachdem. Ort und Zeit.

Ohne Woher und Wohin steht ihr auf dieser Pflasterbühne. Pflaster, das die Welt bedeutet. Wie gepflanzt steht ihr da. Wird der silberne Chorleiter euch einen Choral singen lassen? Für die verlorenen Seelen? Habt ihr überhaupt euren Text parat?

Aber die Jungs von gestern greifen sich eine Zeitung von gestern, die in der Bude herumliegt. Teilen sich brüderlich die Seiten, ohne sich um »Neues aus aller Welt« zu streiten, und hängen ihre stieren Blicke zwischen die Spalten.

Nach einer Weile kommt ein früher Bus. Öffnet mit muffigem Geräusch seine Türen. Und diese Helden einer ganz anderen Geschichte rappeln sich auf. Streiten lautstark mit dem Busfahrer um Kleingeld. Bis die Türen sich schließen und der Bus die törichten Helden mit ihrem plötzlich wieder erwachten Holterdiepolter, ihrem wackeligen Hastdunichtgesehen, entsorgt und abfahrend, in seinem Sog, auch drei Teile Zeitung von gestern ein gut Stück mitnimmt.

Ich, der frühe König, das verwegene Schneiderlein, habe noch Zeit. Throne auf der Fensterbank am sperrangelweit offenen Fenster, am einzig sperrangelweit offenen Fenster im formlos großen Körper des Hauses Königsberger Stieg 22 a–e, das an feinen, straffen Rauchfäden, wie ein graues Kulissenlaken, aus dem farblosen Morgenhimmel hängt. Zweiundzwanzig c, eben unter der Regenrinne, hocke ich. Genau gegenüber, in seiner Küche: der massige Bezeloh, in erdfarbenen Manchester Buxen. Prüfend hält er die Arbeitsstiefel ins graue Licht, das durchs Fenster fällt. Ich sehe: sie glänzen. Bezeloh lässt sich auf einen Stuhl fallen und zieht sich, eine schnaubende und unförmige Masse, die Schuhe an. Jetzt ist er ein Sack von Braun und Schatten, der sich untenherum selber zubindet.

Und so ein aschgrauer Passat kriecht den Königsberger Stieg herauf. Kriecht langsam die langen Zeilen dreigeschossiger Nachkriegssiedlungshäuser entlang: Fiedler. Sucht einen Parkplatz.

Ich schließe das Küchenfenster und bin schon in der Jacke. Hab meine Tasche, die ich aus Gewohnheit morgens mit zur Arbeit nehme und abends wieder zurückbringe, unterm Arm. Und bin auf dem Weg, bin vor lauter Frühaufgestandenheit so was von übermütig, aufsässig fast. Fiedler dagegen: gerade eben und viel zu spät aus dem Bett gekommen, hat eingeparkt. Sitzt im Auto, raucht noch eine Zuvielte vorm Frühstück und hat dabei die Haustür von Dreiundzwanzig c im Auge. Ich trommle auf dem empfindsamen Blechdach seines Autos. Und er lässt, leidend und fröstelnd, die Scheibe herunter. Hängt jetzt schon dem ganzen Tag heillos hinterher, denke ich und treibe, Figuren wagend, wie ein Wellenreiter auf einem Schwall von Oberwasser. Mürrisch rückt Fiedler eine Zigarette heraus. Während er mir aus dem Seitenfenster vor den Bauch qualmt, hab ich, über das Autodach hinweg, das ganze Panorama. Trommle mit den Fingern auf dem Blech und rede auf ihn ein, weil er noch nichts versteht und schutzlos ist wie eine offene Wunde.

Bezeloh in seiner Küche: erhebt sich, wirft seinen grauen Parka über und strafft sich. Ein stattlicher Mann, Bezeloh, der immer noch seine Arbeitskluft ausfüllt. Der zum Schwitzen neigt, aber auf sture Art gesund ist. Einer, der sich mit seinem ganzen Gewicht auf eine Arbeit konzentrieren kann. Nicht mehr der Jüngste, aber schon am frühen Morgen: hellwach.

»Bezeloh!«, sag ich, »jetzt ist er auf dem Weg.

Treppab, im Dämmer des Treppenhauses, das nach Bohnerwachs riecht.« Nachdem ich dem mürrischen Fiedler diesen Bescheid gegeben habe, drücke ich mich vom Auto weg und meine Zigarette auf Fiedlers Dach aus. Was ich sofort bereue. Und Fiedler, der die Haustür von Dreiundzwanzig c nicht aus dem Auge gelassen hat, dreht das Radio ab und quält sich aus dem Wagen.

»Dein Auto sieht beschissen aus«, sage ich, und weise Fiedler auf den schwarzen Fleck auf dem Dach hin. »Wahnsinn. Die Vögel. Müsste mal wieder regnen«, seufzt Fiedler. »Die Schlüssel!«, fordere ich ein, was verabredet ist. Und er lässt das Schlüsselbund kraftlos vor meinem Bauch baumeln.

»Tach, Herr Bezeloh«, sag ich. Und der brummt oder macht ein kleines Zeichen der Kenntnisnahme in meine Richtung. Ich sehe zu, wie Fiedler und er gleichzeitig den blauen Transporter erreichen. Von zwei Seiten, aber mit einem Geräusch, öffnen sie die Türen. Während Bezeloh nach dem Zündschloss stochert, sehen sie sich eine Weile schweigend an.

Ich bin schon den Königsberger Stieg hinunter. Durch das Staubgraugrün hindurch. Stoße hier, an der großen Straße, auf einen ganz idealen Punkt. Ich glaube, den habe ich schon erwähnt. Ganz der König des Morgendämmers, schreite ich über diesen Punkt hinweg, riesengroß und ganz allein auf der breiten Ein- und Ausfallstraße. Aus unerfindlichen Gründen will mir der Punkt hier, vor dem Bushaltehäuschen, von der anderen Seite her betrachtet, längst nicht mehr so ideal erscheinen.

Hier steh ich jetzt, mit Lotte. Überschwänglich begrüßt habe ich die gute alte Lotte, als könne sie heute meine Königin sein. Aber sie brummelt etwas, wie ein Bezeloh. Und schweigt. Mit Genugtuung sehe ich gegenüber Bezelohs Transporter aus dem Stichweg rollen. Fiedler starrt versonnen in die Morgenröte über den Vororten, und sollte doch auf den Verkehr achten. Der Alte muss sich selbst nach beiden Seiten hin versichern. Lässt dabei einen abschätzigen Blick über Fiedler streichen. Dann queren sie die Fahrbahn und ordnen sich stadtwärts ein. Ungeschmeidig ruckelnd zieht der Transporter an unseren Nasen vorüber. So dicht, dass ich den leuchtend weißen Schriftzug »Bezeloh. Hin und Her« nicht lesen könnte.

»Bezeloh«, meldet Lotte. Jeden Morgen eine Art Überrumpelung: Bezeloh. Und wir beide lassen die Grußarme wieder sinken.

»Und Fiedler«, merke ich an. Als wäre das eine kleine Sensation. Fiedler und Lotte: eine endlose Farce, finde ich. »Fiedler ist kein Mann für Bezeloh«, sage ich.

Einer von uns sagt das immer, wenn es sich ergibt. Heute bin ich das. Weil Lotte lieber gekünstelt schweigt. Fiedler ist auch kein Mann für dich, liebe Lotte. Das sag ich nicht, aber weil sie mich so allein lässt, mit meinem Übermut, spiel ich auf das endlose Lotte- und Fiedler-Theater an: »In was für einem Zustand hat der dich denn heut Morgen hier angeliefert?«

Lotte schnaubt Verachtung. Bleich und verbogen steht sie da. Will entschieden nicht meine Königin sein. Die Hände unterm Anorak in den Hosentaschen. Hat die Aktentasche auf den Boden gestellt und quetscht sie zwischen den Beinen. Lotte hat zwei einander fremde, zwei nervöse Beine. Oder besser: Beine, die einander nervös machen, wahrscheinlich ein Stand- und ein Spielbein. Wenn sie geht, erst recht wenn sie eilt, ist das kein zielstrebiges Dahinziehen, auch keine rhythmische Bewegung in gleichförmigen Wellen. In so einem Fall gerät Lotte ins Schwappen. Dabei ist sie nicht etwa unförmig oder dick. Lotte ist eher drahtig. Es liegt allein an ihren Beinen, ihrem unausgewuchteten Gang, dass dieser Eindruck entsteht. Stehen ist noch schlimmer. Lotte weiß kaum: wie stehen und tauscht Beine hin und her. Tauscht Stand- gegen Spielbein. Zwei Sorten Bein hat Lotte, da bin ich sicher.

Aber was für ein gekränkter, böswilliger Trottel bin ich und stelle Lotte, nur weil sie mir heute mürrisch und verbockt kommt, anhand ihrer Beine vor. Achtet bei Gelegenheit mal auf ihre Hände. Sie hat so schöne, klassisch proportionierte Hände. Hände, die trotzdem nervig und kräftig sind. Gern würde ich gegriffen werden, von diesen energischen und perfekten Handtierchen. Aber Lotte gönnt sie uns heute nicht und hält sie in ihren Hosentaschen verborgen. Unter dem Wulst ihres hochgeschobenen Anoraks. Sie schweigt und drückt mit den Schienbeinen ihre Tasche, wo schon Stehen allein keine leichte Sache für sie ist. Sie zieht den Kopf in den Kragen, und es fröstelt sie. Manchmal linst sie argwöhnisch ins Bushaltehäuschen. Ich weiß: da liegt, in extravagantem silbergrauem Zwirn ein Jemand, für den es keine weitere Verwendung gibt, auf der Bank und döst. Aber Lotte, auch wenn die Bude leer wäre, selbst wenn sie furchtbar fröre: Lotte ist nicht der Typ, der sich in eine solche Schachtel setzen würde. Sie würde sich auch nie nach einem Blatt gebrauchter Zeitung bücken. Auch nicht nach »Neues aus aller Welt«, wo sie jetzt beinahe, auf ihre unglückliche Art, draufsteht.

Und endlich wird die Straße von den Vororten her noch gerader, auch weiter, als der Zwölfer herankommt, einläuft in die Haltebucht und auch schon steht, übergangslos. Eine Böe kommt hinter dem Bus her, und »Neues aus aller Welt«, als hätte es darauf gewartet, macht sich schon mal auf den Weg, Richtung Stadt.

Und als Lotte schon am Einsteigen ist und ich, noch auf dem Bürgersteig, mich nach meiner Tasche bücke, sagt sie ernst und würdevoll: »Du bist ein Quatschkopf.« Dann steh ich schon hinter ihr, und die Türen schließen sich, während der Bus anfährt, übergangslos.

Ich kann nicht begreifen, was Lotte gesagt hat. Als wäre ich Zeuge einer ganz unwirklichen Szene gewesen. Und wie wir abschieben, hinter Neuem aus aller Welt her, sehe ich den Quatschkopf noch dastehen: ratlos, in der Haltung, in der es ihn erwischt hat. Als hätte ihm eine unerwartete Ohrfeige allen Blödsinn und den ganzen albernen Größenwahn aus dem Kopf gejagt.

Lotte und ich: wir thronen auf der Bank für Behinderte, fast neben dem Chauffeur, hoch über der steilen Einstiegstreppe. Im Bus der Linie Zwölf. Ganz vorne, wie die Streber. Unsere bleichen Gesichter über den Aktentaschen, die wir im Arm, vor der Brust halten. Auf Widerruf sitzen wir hier. Natürlich. Und unsere Blicke rasieren parallel und mit Busgeschwindigkeit, in Kopfhöhe, über das vorübergleitende Trottoir. Irgendwoher ist plötzlich ein Schauer geweht. Regentropfen springen auf den Asphalt.

»Die Vögel sind schon durch, mit ihrem Konzert«, entschlüpft es Lotte. Und sie meint vielleicht: jetzt käme es nicht mehr so drauf an. »Haben komische Zeiten«, mehr sag ich nicht. Weil mir der Quatschkopf noch quer steckt. Und dann sehen wir Bernie. Wie er im Regen zwischen den Fahnenstangen vorm Autosalon herumspringt. Und rein will in den Glaspalast. Wo später die Verkäufer in Glaskäfigen sitzen werden. Einander beobachtend. Aufgereiht in ihren kleinen, gläsernen Als-ob-Büros. Artgerechte Haltung. »Kundendienst von Mensch zu Mensch« heißt hier die Leier. »Viel zu früh, Bernie!«, denken Lotte und ich. Sagen uns das aber heute nicht, grinsen nur, beide gleich schlau.

Und der Bus hält vor einem gläsernen Pavillon. Man muss sich wundern, wie viele da reingehen, wenn ein

Schauer sie zwingt. Weiter geht es, weiter geradeaus. Das Altpapier hat das Rennen aufgegeben, bleibt wie hingekleistert am Bordstein zurück. Aber ein Damm ist gebrochen, irgendwo in den Vororten, wo die Sonne noch schien. Wütend schwillt Verkehr die Straße herunter. Die haben es eilig, unter die Wolkendecke zu kommen, in der die dürftigen Türme der Stadt stecken müssten.

Überlegen sage ich mir: wir haben diesen Tag, auch wenn es nicht ganz ohne Schwierigkeiten und Rückschläge abging, doch ganz gut aufs Geleis gesetzt und angeschoben.

Indem ich zu Lotte hinüberschiele, korrigiere ich diese Selbstbelobigung sofort dahingehend, dass ich Lotte, wegen ihrer sonderbaren und durch nichts zu rechtfertigenden Art heute, ganz und gar, und auch ausdrücklich, davon ausnehme.

Der Bus, der Zwölfer-Bus, schnürt seinen Weg. Hält, wo er halten soll. Leute steigen ein, ihre noch warmen Zeitungen unterm Arm. Die Luft wird dick, die Scheiben beschlagen, dass Lotte und ich keine Blicke mehr schweifen lassen können. Kein gemeinsames Kommentieren kann uns heraushelfen aus unserer steifen Habt-Acht-Position auf der Behindertenbank, ganz vorn im Bus. Mir ist unbehaglich. Und Lotte, die bleibt dabei: gibt den Sauertopf.

Von der Seite her sehe ich sie eindringlich an. Bis ich denke: das müsste sie spüren. Schließlich frage ich sie, in gesammeltem, väterlich strengem Tonfall, der kein Herausreden duldet: »Was ist los mit dir?«

»Lass mich doch auch mal schlecht drauf sein«, nölt Lotte. Und sie, Lotte, verteidigt so das Recht auf Traurigkeit. Die große, schöne, kuchensüße Trauer an der Welt, die sich dreht und vergeht. Die große Trauer, die in einer Presswehe durch einen Regenbogen auf diese Welt gekommen sein wird.

Lotte, denke ich, hat kein Recht dazu. Lotte, die sonst die Hucke voll abgedroschener alter Witzchen und Schoten hat, wie andere Leute die Hosentaschen voller Krimskrams. Und wenn sie so einen halbgaren Witz reißt, zieht sie den Kopf zwischen die Schultern, als erwarte sie Schläge, und schiebt eines ihrer unegalen Beine vor, als wolle sie ausbüxen. Nur ein freundlicher Lacher oder ein nachsichtiges Kopfschütteln helfen ihr dann aus dieser albernen Stellung wieder in den wackeligen Stand.

Ich finde Lotte hat kein Recht so penetrant den Trauerkloß zu mimen. Auch wenn ich weiß: es ist ihr nicht ernst, mit diesen Witzchen. Sie spult da ein Repertoire ab, das sie sich für uns zugelegt hat, das ihr selbst gar nichts bedeutet. Und: hinter ihrer robusten

Fassade ist sie ein empfindsamer Mensch. Unbedachte Äußerungen können sie schwer beleidigen. Und auf Unachtsamkeiten kann sie ganz empfindlich reagieren.

Als Kind saß Lotte, die einzige Tochter einer Kriegerwitwe, geboren erst gute zwanzig Jahre nach dem Krieg, und doch ganz vaterlos aufgewachsen, allein in ihrer Sandkiste. Sie vergrub große Murmeln und kleine, blanke Autos im Sand. Im Sommerwind knarrten die offenen Fensterflügel in den Angeln und rüttelten müde an den Sturmhaken. Hinter den sich bauschenden Gardinen saß Lottes ältliche Mutter und hatte ein Auge auf ihre Tochter. Von Weitem sahen wir die beiden. Und trauten uns nie in Lottes weite Sandkiste. In das Reich dieser sommersprossigen Sandkistenprinzessin. Weil die Alte immer alles im Blick hatte. Lotte, aus ihren ägyptischen Augen – ich wusste schon damals, als kleiner Junge: Lottes Augen, grün-braune Augen unter streng geschwungenen dunklen Wimpern, sind ägyptische Augen – sah zu uns herüber. Sie fasste uns in ihren ägyptischen Blick, der uns traurig erschien, weil er so ägyptisch war. Sie erwartete längst nicht mehr, dass wir zu ihr kämen. Auch wenn ihr der Grund dafür unbekannt war, da sie sich überhaupt nicht als Überwachte begriff.

An solchen stillen Sommertagen konnte die Zeit zerfließen, hat sie sich mitunter sonderbar gedehnt, sodass kleine Begebenheiten noch in der Erinnerung ein ganz eigenes Gewicht, eine von Dauer ganz unabhängige Präsenz haben.

Lottes Vater war gewiss nicht der Mann, der ihre Mutter zur Witwe gemacht hatte. Auch wenn ich Lotte gegenüber diese Meinung nicht so geradeheraus äußern würde, so nehme ich doch an: der Mann, der die Witwe zu ihrer Mutter gemacht hat, war Bezeloh. Da teile ich einmal die insgeheime öffentliche Meinung in dieser Kleinstadt.

Aber das ist ja eine ganz andere Geschichte. Und ich denke, Lotte: im Grunde hält sie sich für vaterlos, und dementsprechend für eine Waise, seitdem vor vielen Jahren, noch bevor Lotte ihre Lehre abgeschlossen hatte, die Mutter verblich. Bestimmt ist ihr frühes Waisentum, auch wenn es bei Licht betrachtet nur ein Halbwaisentum sein mag, ein Grund für Lottes Eigenbrötelei und für ihre Empfindlichkeiten.

Und bei all dem denke ich auch gleich an die Geschichte vom Zwetschentag. Ein Tag, der voller Zuversicht begann, und dann doch, vor allem für Lotte, desaströs und menetekelig in einem gewaltigen Schmiersal endete.

Das hatte im verflossenen – und genau das trifft es – September stattgefunden. Lotte ist Besitzerin einer alten, richtig alten Kate. Mit einem strähnigen Strohdach, das wie eine zu große Mütze der Hütte bis vor die Fensteraugen gerutscht zu sein scheint. Als Lotte noch ein Kind war, ist diese alte, runzlige Kate in den Vororten von einer Erbtante auf ihre Mutter gekommen. Die hat dort mit Klein-Lotte all die Ferientage und jedes Wochenende verlebt. Im Garten haben sie gegärtnert und die Obstbäume abgeerntet. Das Plumpsklo haben sie betrieben und die Wasserpumpe quietschen lassen. Da hat sich Lotte ihre Vogelmarotte weggeholt, wenn ihr mich fragt.

Jetzt hat Lotte das Anwesen allein an den Hacken. Träumt manchmal davon, sich das alles hübsch zu machen, um dort richtig zu wohnen. Und ist doch eigentlich überfordert, das Ganze irgendwie in Schuss zu halten, den totalen Verfall hinauszuzögern. Das Häuschen ist nicht ganz klein. Mit einem Stalltrakt, in dem Spinnen und Mäuse wohnen. Wo, zwischen alten Trögen, der verwaiste mütterliche Besitz an Sofas und Sesseln schimmelt. Aus dem Torf des Strohdachs wachsen kleine Bäumchen. Einen großen Heuboden gibt es, voll losen Bunden braunen Heues. Von Milben vor Zeiten schon einmal verdaut, rieselt es, als gräulicher Staub, durch Ritzen und Fugen in die Wohnstube. Zwei, drei unbeheizbare Kammern, aus denen es sonderbar riecht – ein kühler Modergeruch, der dennoch im Hals kratzt- sind seit Jahren völlig ungenutzt. Durch die Haustür betritt der Besucher eine große, finstere Diele, von der aus man in eine Küche mit einem kleinen Ofen, der auch zum Kochen taugt, gelangt.

»Ihr kommt direkt mit dem Bus hin«, hatte Lotte gesagt. Wir sollten sie besuchen. Sie wollte uns – also vor allem Fiedler, ich kannte mich da schon so ein bisschen aus – das alles mal zeigen. Und unser Besuch sollte auch der Zwetsche dienen. Die Zwetsche sollte geerntet werden. Von den Zwetschenbäumen, die dort um den alten Hühnerauslauf herum wild wucherten. Am Abend sollte es eventuell schon einen Zwetschenkuchen geben. Wenn nicht, versprach Lotte, uns für unsere Mühen um die Zwetsche anderswie zu bekochen. Und es sollte ein gemütlicher Abend werden, hatte Lotte sich gedacht.

Es war bis dahin eine so schöne Frühherbstwoche gewesen, Altweiberfäden in der Morgensonne, weit übers Land. Und das erste Kleingeld des Herbstes, das gelbe Birkenlaub, wehte billig klimpernd im lauen Wind.

Aber als wir, Fiedler und ich, an der Bushaltestelle standen, Richtung Vororte, da regnete es. Nicht zu knapp. Klar, mit 'ner Type wie Fiedler im Schlepp: wir waren wenigstens drei Busse zu spät dran. Und mir behagte es nicht, dass Lotte vorm gedeckten Frühstückstisch warten würde. Denn sie kann in solchen Dingen empfindlich sein.

Und die vergangene Septemberwoche, mit dem tiefen Licht, unter dem sogar die langen Schatten aus sich selbst heraus zu leuchten schienen: als ob sie mit Gewalt weggewaschen, fortgespült werden sollte, an diesem späten Zwetschentagmorgen. Und je weiter wir in die Vororte hinausfuhren, die Welt: ein Schmiersal. Ich sag's euch.

Fiedler, die Krähe, reißt schon im Bus so eine blöde Sliwowitzflasche auf, von wegen »Scheißwetterzwetsche«, und als wir Lottens Anwesen erreichen, da stehen im Vorgarten, in graugrünes Gummizeugs gehüllt, folgerichtig große, graugrüne Südwester auf dem Kopf, zwei Wachtürmer und recken ihre Zeitung in das Wetter. »Das ist«, hat Lotte später erklärt, » weil hier, im alten Stall, der Himmelreichsaal war, als Tantchen noch lebte.« Gleich beim Eintreten stößt Fiedler sich den Kopf am Türrahmen. Und wir stehen mitten in den Pfützen, die wir mit hereingebracht haben, auf dem Lehmboden. Lotte hat schon angefangen mit Frühstück. Da gibt's: Brötchen und Eier, Honig und alles hat Lotte aufgefahren. Und der Ofen bollert, und es riecht nach Kaffee, ganz ausschließlich nur nach Kaffee. Die kleinen Butzenscheiben beschlagen, dass das ganze Mistwetter, zumindest alles davon, was nicht mit uns hereingekommen ist, draußen bleibt.

Fiedler poltert gleich blöd drauflos: was für 'ne Kaschemme! Zusammenschieben und das Grundstück verkaufen, so würde er mal grob die Marschrichtung skizzieren.

Das Frühstück, es fasert aus, bevor es angefangen hat. Lotte: hat zu lang warten müssen. Fiedler: der wird heute ja gar nicht mehr ankommen. Und ich sag auch nicht zu jeder Runde Sliwowitz, zu der er einlädt, nein. Auch Lotte hat ein Gläschen vor sich stehen, in das sie gequält hineinschaut.

Die Zwetschen fallen rund um den alten Hühnerauslauf in den Matsch. Der Regen lässt nicht nach. Fiedler säuft. Ich sehe mich unschlüssig in der Küche um. Ab und zu steht Lotte auf und legt Holz nach. Der

Herdofen brummt und knistert stillvergnügt vor sich hin. Wir schweigen. Knuspern höchstens an den Brötchen. Nur Fiedler flucht laut, als er sich wieder einmal den Kopf stößt. Lotte rafft sich auf, auch wenn sie von diesem Tag schon nichts mehr erwartet. Sie zeigt uns alte Fotos: der Großonkel, mit schwerem Pferdegespann vor der Dielentür, die Erbtante inmitten der Gänse auf der Hauswiese. Und dann hat Lotte noch was Tolles gefunden, das sie uns zeigen will: ein Vogelnest. Wie eine kleine Schale. Voll mit Eierschalen und den zarten Skeletten und weintraubigen Schädelchen der Jungvögel. Ein trauriges Ding, denke ich. Steht jetzt, nachdem wir es uns alle angeguckt haben, auf dem Frühstückstisch, neben dem Brotkorb.

Dann kommt Rotwein ins Spiel, Lotte abgenötigt, der das überhaupt nicht passt. Bevor Fiedler die Flasche öffnen kann, treibt sie uns noch einmal hoch, aus den Polstern. Wir stolpern, immer hinter Lotte her, die steile Treppe hinauf, und sie zeigt uns die hohen Balken, den ganzen Dachstuhl. Fiedler wankt leise und lässt das Treppengeländer gar nicht los. Ich sehe im Dämmer Fledermäuse und andere fleddrige Staublappen von den Dachlatten herabhängen. Dann sitzen wir wieder in der Küche. Jetzt ganz und gar ratlos. Nur Fiedler poltert herum. In der nervigen Diktion der Volltrunkenen. Ich bin auch bald so weit, dass ich Reden halten könnte. Tu ich aber nicht, denn ich spüre Lottes anschwellende Gereiztheit. Sie ist verletzt. Verstockt. Nichts läuft, wie sie es sich vorgestellt hat.

Und Fiedler spinnt total. Krakeelt herum. Steht jetzt auf dem Sofa und setzt die Rotweinflasche an den Hals. Lässt sich zurückrutschen, in die Polster. Und dann greift er zu. Langt in den Vogel-Snack-Korb, und steckt ein paar von den zartblasigen Jungvogelmumienschädeln in den Mund. Es knirscht. Ich glaube, ich sehe ein paar spitzige Schnäbelchen aus seinem Mund rieseln. Und? Weiß er, was er tut? Wenn ja: ist es Übermut oder Bosheit?

Lotte verliert alle Farbe. Fiedler kaut weiter. Ich bin auf einen Schlag stocknüchtern. Und Lotte: das war die letzte Kränkung, die sie heute eingesteckt hat. Sie haut Fiedler, mit der flachen Hand, aber richtig, was aufs Maul, dass er ins Sofa fällt. Die Weinflasche, die er in der Hand hatte, gluckert in die Polster. Und Fiedler fällt nichts Besseres ein, als weiter knirschend auf den Vögeln rumzukauen. Sonst ist es ganz still in Lottes Kate. Auch der Ofen ist ausgegangen. Lotte steht eine lange Weile an den kleinen Fenstern, an denen das Wasser herunterströmt, und starrt hinaus. Schließlich läuft sie raus. Eine Weile später, als Fiedler anfängt zu schnarchen, gehe ich hinterher.

Lotte sitzt unter der Traufe, auf einer kleinen, wackeligen Bank neben der Haustür. Sie starrt die Kälber an, die schwarz-weiß, katzbucklig und struppig auf der Weide vor der Kate stehen. Die Flotzmäuler ins nasse Gras gesenkt, aber zu lustlos, es zu rupfen. Lotte ist nass wie ein Feudel. »Ich hab mir das anders vorgestellt. Er ist ein Idiot«, sagt sie, überraschend ruhig. »Und du bist nicht viel besser«, stellt sie dann noch fest.

»Was ist jetzt mit diesem Fiedler!«, stößt sie nach einer kleinen Pause hervor. Sie hat mich gar nicht gefragt, und mein kleinlautes »Der schläft« kommt nicht mehr bei ihr an. Sie ist aufgesprungen und ins Haus gestürmt, steht am Fußende von Fiedlers Lagerstatt, rauft sich die Haare und stöhnt: »Mein Gott. Ist der hinüber?« Jetzt ist Lotte ganz aufgelöst. »Der schnarcht wie ein Warzenschwein. Der stirbt nicht an so ein paar schwachen Gräten.« Und als Lotte das noch nicht beruhigt: »Das ist kein Blut. Der hat sich mit dem Rotwein eingesaut.« Da nickt Lotte tapfer. Dann geht sie. »Seht zu, dass ihr den nächsten Bus kriegt«, sagt sie müde, von der Diele her. Und eine Zimmertür klappt.

Ich krieg den Ofen nicht wieder in Gang. Ich decke den Tisch ab und spüle das Geschirr. Ich stehe einen Moment vor der Haustür. Die Kälber sind verschwunden. Der Regen hat aufgehört. Über der Weide leuchtet ein Streifen Himmels schwefelgelb. Der Horizont scheint kupfrig grün. Plötzlich hat der Zwetschentag auch einen Geruch: er riecht feuchtmuffig nach bemoostem Ziegelstein. Und säuerlich nach im Matsch vor sich hin gärendem Fallobst.

Dann weck ich Fiedler. Und irgendwie krieg ich ihn transportfähig und transportwillig. An meiner Schulter hängend, schlepp ich ihn rüber, ins Bushaltekabäuschen. Es ist eine vielleicht gerechte, aber doch harte Strafe, Fiedler im öffentlichen Nahverkehr nach Hause zu bringen. An diesem Zwetschentag wäre Fiedler eigentlich ein Fall für die Spedition Bezeloh gewesen.

Und aus dem Rückfenster des Busses sehe ich noch die zwei in graugrünes Regenzeug eingepackten Wachtürme dastehen, wie aus Lottes Rabatten ins Schwefelgelb des Himmels gewachsen.

»Erwachet«

## KAPITEL III

Weil Lotte sich jetzt schon eine ganze Weile unbeobachtet fühlt, in ihrem auf der zuvördersten Bank des Zwölfer-Busses zur Schau gestellten Gram, ändert sie kurz entschlossen die Taktik. Sie angelt eine alte Zeitung aus der Gepäckablage. Rollt dieselbe hart zusammen. Damit schlägt sie mir, kurz vor der Haltestelle ›Grappengießerwall‹ und aus heiterem Himmel, auf den Kopf. Gerade so, wie das Kasperle dem Krokodil öfters eine verpasst. Und so wirft sie mich das zweite Mal an diesem noch jungen Tag für einen Moment aus der Bahn. Sieht von unten her, mit zwischen die Schultern gezogenem Kopf, aber angriffslustig, in mein entgleistes Gesicht.

»Was ist nun mit heute Abend? Willst du dazu noch was sagen, oder war das Ganze mal wieder nur eine Schnapsidee von dir, die jetzt stillschweigend vergessen wird?«

Da liegt der Hase im Pfeffer, denke ich erleichtert.

Vor Tagen, in einem mutigen Moment, hatte ich Lotte um einen Gefallen gebeten. Ich bat sie, mich zu der Sitzung des Literatenclubs Wunderhorn e.V. zu begleiten, die für den heutigen Abend angesetzt ist.

Die Mitgliedschaft in diesem Club, das ist sozusagen mein Steckenpferd. Auch schreibe ich bisweilen Gedichte. Ich weiß, dass Freunde vom Kaliber Lottens darin etwas Abseitiges zu sehen pflegen. Und ich habe meine Bekannten mit diesen Dingen bislang nicht behelligt. Mit meinen Gedichten noch nicht einmal die Mitliteraten im Wunderhorn. Es ist allerdings auch nicht ohne, auf den Sitzungen des Vereines aus seinen Werken vorzutragen. Bisweilen gibt es Lob. Oft aber zerfällt die Versammlung in Fraktionen, die sich über den Vortrag des mit eingezogenem Kopf am Stehpult ausharrenden Kollegen zu hitzigen Disputen aufschaukeln. Oder, am schlimmsten: die Versammlung verharrt einen langen Moment still im Unentschiedenen. Möchte sich nicht äußern. Bis jemand sich erbarmt und anregt, zum nächsten Vortrag überzugehen. Vom Sitz aus mitreden, am besten mitapplaudieren, ist nicht so schlimm, still für sich Protokoll zu führen am allerbesten. Ich habe den Protokollführerposten übernommen. Vielleicht habe ich diesen Posten sogar erst geschaffen. Von einem Vorgänger jedenfalls ist mir nichts bekannt. Der Protokollführer, in meinen Augen ein ganz wichtiges Vereinsmitglied, kommt höchst selten einmal in die Verlegenheit, zum Vortrag eigener Werke genötigt zu werden.

Und da hatte ich mich vor Tagen, in dieser übermütigen Laune, entschlossen, zwei Mal über meinen Schatten zu springen: ich wollte im Wunderhorn eigene Werke vortragen, und ich würde meine arglosen Bekannten in Gestalt von Lotte mit hineinziehen, indem ich sie bitten wollte, mich an diesem Abend zu begleiten, um für mich Protokoll zu führen.

Ich habe mich an meinem Mut berauscht. Ich habe am Abend, alleine aber laut, meine Gedichte deklamiert, unterm Dach, Königsberger Stieg zweiundzwanzig c. Und habe, gleich am nächsten Morgen, Lotte forsch auf das Vorhaben angesprochen. Und sie gab sich sofort interessiert. Wollte Termine haben, über Details aufgeklärt werden und wissen, in welcher Garderobe sie zu erscheinen hätte. Es freue sie, sagte sie, einmal zu erfahren, womit ich mich so beschäftige. Lottes begeisterte Bereitschaft weckte in mir sofort wieder Zweifel. An meinem Literatentum. Aber auch an der Salonfähigkeit des literarischen Clubs Wunderhorn e. V. Sprach aus ihrem Interesse nicht so etwas wie Mitgefühl? Die fragwürdige Solidarität einer selber belasteten Person, jederzeit bereit, sich lustvoll mit den

Behinderungen anderer zu beschäftigen, da diese sie selbst entlasten. War sie nicht einsam, mit ihrer Vogelmarotte? Hoffte sie hier nicht einfach auf eine Demonstration meiner, sozusagen ganz persönlichen, »Vogelmeise«?

Ich redete nicht mehr von dem ganzen Projekt. Der mutige Moment verflog. Ich antwortete einsilbig und ausweichend, wenn Lotte ihrer Bereitschaft und ihrem Interesse mit Nachfragen Ausdruck verlieh. Ich hoffte: Lotte würde unsere Abmachung vergessen. Ich hoffte: der Termin würde verstreichen. Aber heute Morgen und jetzt, nach all dem, was Lotte mir bis hierher geboten hat, muss ich sagen: Gott sei Dank, heute Morgen, auf einer Welle von Übermut reitend, habe ich meinen Teil getan, um den verabredeten Coup heute Abend in die Tat umsetzen zu können. Ich habe von Fiedler den Passatschlüssel besorgt. Um gemeinsam mit Lotte den Ausflug zum Literatenzirkel unternehmen zu können. Diesen Schlüssel lasse ich jetzt vor Lottes Nase baumeln und erkläre: »Alles läuft planmäßig, fürs Fluchtfahrzeug habe ich gesorgt.« »Na, dein Glück!«, sagt sie dann auch, »Aber hättest ja mal was sagen können.« Und wischt die Busscheibe frei. Damit's mal weitergeht. Und alles wieder gut ist.

»Bezeloh! Da sind sie wieder«, kann sie auch gleich vermelden. Und ruckt mit der Nase Richtung »Hin und Her«. Bezelohs Transporter steht in einer Parkbucht vorm Golden Grill. Einer schnickschnacken Wurstbude. Einer Wurstbude, die wie ein Bistro daherkommt. Bezeloh steht an einem der hohen, kleinen Plastiktischchen, die hier wie Pilze aus dem Boden schießen. Er hat seinen Teller leer gestochert. Die Sonne wird scheinen. Denkt er, sieht hinaus, und siehste: der Schauer ist auf und davon. Der Zwölfer rauscht vorbei und glänzt in der hervorbrechenden Sonne, wie frisch lackiert. Bezeloh streicht einen gummiartigen

Fetzen Weißbrot durch die Reste milden Senfs auf seinem Teller. Aber er ist schon weiter. Verfolgt schon eine neue Spur. Hat den Kopf schräg gelegt und linst in eine Zeitung, die auf dem Nachbartisch liegen geblieben ist. Bezeloh stopft sich den schwefelgelben Weißbrotfetzen in den Mund. Leckt sich den Finger sauber, mit dem er dann eine Kleinanzeige aus der liegen gebliebenen Zeitung spießt. Er geht telefonieren. Den Hörer am Ohr, steht er im schmalen Durchgang zur Toilette, neben dem Tresen. Ein massiger Herr in braunen Breitcordhosen, der veraltet wirkt, in diesem Bistro von einer Wurstbude. Aber auch selbstgewiss. Stur und erdfarben, wie eine Kartoffel. Und schon am frühen Morgen: ganz auf seiner Umlaufbahn, ganz wach.

Fiedler, Bezelohs Angestellter, nicht sein Mann, so weit kennt ihr meine Meinung in Bezug auf Fiedler. Ein Mann aus dem Cloppenburgischen, der Lotte aufmischt. Der nur widerwillig seinen aschgrauen Passat verleiht und der Zeit braucht, für eine frühe Currywurst. Jetzt ist auch er zurande gekommen, schnappt sich den Rest der geplünderten Zeitung vom Nebentisch. Lässt seinen müden Blick auf einer beliebigen Seite schwimmen, die jetzt, anstelle seines beiseitegeschobenen, nur nachlässig leer gegessenen Tellers, vor ihm auf dem Tischlein liegt.

Dieser Blick ertrinkt vor Schreck, als Bezeloh zurück ist und ihm väterlich herablassend auf den Rücken schlägt. Bezeloh weist mit dem Daumen über die Schulter zur Tür. Und ohne Worte oder Aufhebens gehen die beiden. Schon an der Tür, tippt Bezeloh mit dem Finger an eine imaginäre Hutkrempe, dem Wirt zum Gruß. Bezeloh zahlt nicht. Bezeloh ist der Verpächter der Wurstbuden, die er in dieser Stadt besucht. Man wird sich anders einig, immer.

Und der Bus, der Zwölfer, der Lotte und mich an der ganzen Kulisse vorbeigezogen hat, der ist schon weiter.

Viel weiter auf der Straße, die jetzt in der Sonne liegt und feucht und satt glänzt. Wir sind schon unten in der Stadt. »Guck mal«, sagt Lotte und zeigt's mir, »die Mohrenapotheke heißt jetzt Obotritenapotheke. Fiedler ist mal reingegangen und hat gefragt ob, das so eine Art Marsmännchen seien, die Obotriten.« »Hätte mich mal fragen sollen«, trumpfe ich auf. Lotte jedenfalls fragt mich nicht weiter.

Und, unter all den Menschen, die jetzt wieder heraus und unter die Sonne treten, aus viel zu engen Bushaltehäuschen, Hauseingängen und Toreinfahrten, entdecke ich meinen Großonkel. Gottlieb. Er ist hinter frühen Schnäppchen her, studiert die Schaufensterauslagen. Und begreift nicht, warum sich die Kaufhäuser morgens um sieben noch verschließen, vor seiner harten Rentenmark. Lotte hat ihn auch entdeckt und zeigt ihn mir noch einmal. »Hat der noch seinen Kanarie?«, will sie wissen. Gottlieb hat ihn noch. Der steckt in seinem Käfig von filigran verschnörkeltem, messingfarbenem Draht, der aussieht wie das, was in den fuffziger Jahren als verspieltes Dekor auf Plastikeinbände von Foto- und Einsteckalben für Single-Platten gedruckt wurde. Dieser Vogelbauer steht auf der Fensterbank vor dem großen Blumenfenster nach Süden raus. Und den Spiegel, der im Käfig hängt, benutzen die beiden, wenn Gottlieb sich morgens trocken rasiert, gemeinsam. Und dann sind sie beide außer Rand und Band. Gottlieb und sein Kanarie.

Jetzt schiebt Gottlieb sein Fahrrad aus einer Toreinfahrt auf den Bürgersteig, und schaut noch ein wenig misstrauisch nach oben. »Den hat's auch erwischt«, denkt einer von uns beiden. Und damit hat er gleich ins Schwarze getroffen: Gottlieb steht an der Straße und sieht finster hinter dem Zwölfer-Bus her, der im Vorbeifahren seinen zweitbesten Anzug, den für Ausflüge in die Kaufhäuser der Stadt, mit Schmutzspritzern überzogen hat. Und der jetzt, nach einem kurzen Stopp vor Sankt Johannis, dem Zorn des Großonkels und dem Tumult der Kleinstadt, mang der fröhlichen Farben des Morgens, entkommt.

Der Zwölfer entschwebt, in Richtung Marsch und Flussaue. Mit dem Wasserturm lassen wir den letzten städtischen Höhepunkt hinter uns. Kurz vor der Brücke übers Flüsschen hält der Bus noch einmal und entlässt die schläfrigen Berufsschüler.

Den Fluss säumen Uferpromenade und Trauerweiden. Flussauf sieht man den alten hölzernen Kran, den einst Sträflinge mittels eines großen Laufrades betreiben mussten, heute ein Touristenziel.

Dann sind wir im Neubaugebiet. Eine Landschaft von sich in allen Richtungen verzweigenden Königsberger Stiegen. Hier erscheint die Welt als Königsberger Klops. Es folgt ein größeres Immergrün. Ein Streifen Buschholz, der sich als Stadtwald großtut, eine Joggerpiste flankierend.

Und jetzt verlässt der Zwölfer die Bundesstraße, der wir die ganze Zeit gefolgt sind. Wir fahren auf samtigen blauschwarzen Bändern ganz frischen Asphalts das Gewerbegebiet Ost an. Hier gibt's verstreut ein paar ehrwürdige Hallen und Industriegebäude, die stehen geblieben sind. Von Firmen, die man schon zu Gründerzeiten nicht in der Stadt haben wollte. Ein ehemaliges Instandsetzungswerk der Reichsbahn und ein vormaliger Abfüllbetrieb für technische Gase. Dazwischen baut man müde an ein paar neuen Hallen. Blechkartons von gewaltiger Größe und zweifelhaften Inhalts stehen schon vereinzelt herum. Erheben sich auf weiten, akkurat gepflasterten Plänen. Rundherum lichte Gruppen von Fahnenmasten mit Flaggen, die lustig im Wind knattern sollen. Viel nichtssagendes Marschland, durch große Schilder als Bauland ausgewiesen. Und die ganze Gegend ist flach. Bis zum großen Fluss hin, den man in der Ferne ahnt. Weil sein jenseitiges Ufer, ein Höhenrücken, blau den Horizont markiert. Und der Bus fährt an Lottes und meiner Wirkungsstätte, Electro-Tech, fast vorbei. Hält, Haltestelle Gewerbegebiet Ost, römisch Zwei, ein paar Schritt weiter. Eher vor den Toren unseres Nachbarn, dem günstigen Ab- Lager - Vertreiber eines sympathischen Parkettbodens.

Und ihr werdet's kaum glauben, aber es passt doch! Passt zu Lottes Auferstehung aus dem Jammertal. Passt zum, trotz aller Rückschläge, doch wunderleichten Morgen. Erscheint mir ganz und gar keine Nummer zu groß für unseren Auftritt in der Arbeitswelt: der Bus spuckt uns aus, und Lotte und ich stehen unter einem perfekten, strahlenden Regenbogen. Wir könnten uns an der Hand nehmen, Königskinder wir, und einen Schritt tun, durch dieses himmlische Tor. Wir würden, den Blicken der Sterblichen entzogen, in einem anderen Land sein.

Der Maschendraht des Firmengeländes ist davor.

In unserem Rücken schließen sich mit einem muffigen Zischen die Türen des Busses. Und der Zwölfer zieht davon, mit seiner Wagenladung griesgrämiger Trottel und Toren, die uns diesen kleinen Schritt sowieso nicht gegönnt hätten.

## KAPITEL IV

In der Halle herrscht, nachdem die Tür im großen Tor hinter Lotte ins Schloss gefallen ist: Ruhe. Die Ruhe großer Hallen. In deren Höhe und Weite sich nur einzelne, am ehesten Schepper- und Klirrgeräusche zu einsamem Dasein und unerhörter Präsenz erheben. Der Rest erstickt, bevor er die Echo spendenden Außenwände erreicht.

»Tsüü«, sagt Lotte, blass im Neon. Und dann schiebt Hans, weithin scheppernd, ein wackeliges Palettengetürm auf einer Ameise heran, schon von Ferne auf uns einfuchtelnd.

»Kollegen! Das wird ein lausiger Tag.«

Gefragt wie ungefragt erteilt Hans zu jedem Tag Motti und Kommentare. Das gehört für ihn zu den zentralen Aufgaben eines Lagermeisters und Schichtführers.

»Angekündigt ist«, und hier reißt Hans, wie von Entsetzen gepackt, beide Arme hoch und lässt die überladene Ameise mit ihrer wackeligen Fracht alleine ausrollen, »der große Haferland! Der wird hier vorbeisausen, auf seiner Wahnsinnswichtigtour, und ihr zwei seid auserwählt, ihm die wertvolle Fracht zusammenzustellen.« Hans zückt, ohne hinzusehen, den Lieferschein aus seiner Kitteltasche, und reicht ihn Lotte, wie eine bedeutsame Urkunde.

»Oho« sagt Lohotte.

Die Hochregale, in denen die Ware der Firma Electro-Tech weggestapelt ist, verlieren sich fast in der Weite dieser alten Fabrikhalle, die einmal erbaut wurde, um darin zu produzieren. An der freien Längswand steht Hans' alter Campingwagen. Er hat ihn gestiftet, in Ermangelung eines Frühstücksraumes. Aufgebockt und plattfüßig klebt er an der Wand, wie die Buden und Verschläge der Aussätzigen an alten

Stadtmauern. Die Tür dieses Wohnwagens klappt jetzt auf, Lotte und ich sehen es staunend über Hans' Schulter hinweg, und ein hagerer, bleicher Mann, in einem viel zu kleinen firmeneigenen Kittel, stolpert heraus.

»Kollegen!« Ohne sich umzusehen, stößt Hans seinen Zeigefinger armlang zur Hallendecke, »Die Geschäftsführung war so gütig, dieses Gespenst anzuwerben. Zu unserer Unterstützung.«

Das Gespenst blinzelt lichtscheu und unentschlossen in der weiß ausgeleuchteten Halle. Dann kommt es unsicher auf uns zugetappt. Hans fasst den Mann an der Schulter und schiebt ihn zwischen uns und sich, stellt ihn uns so vor. »Diesen guten Mann, Kollegen, schickt uns die Zeitarbeitsvermittlung zur Verstärkung, nachdem er für die gleiche Zeitarbeitsvermittlung vor zwanzig Stunden zur Hobum gelaufen ist und da eine Schicht lang Güterwaggons ausgeladen hat. Dann haben sie ihn auf eine Nachtschicht zur hiesigen Zeitungsdruckerei geschickt. Und weil es am Ende dieser Schicht schon wieder hell war, da haben die Leute sich gedacht: was soll der Kerl sich an so einem schönen Tag die Bettdecke über den Kopf ziehen? Und sie haben ihn hierher geschickt. Damit er nichts verpasst. So nahtlos haben sie seine Zeit vermittelt.« Jetzt gibt Hans dem Ausgelutschten mit Druck und Zug an der Schulter die andere Richtung und lässt ihn an der gegenüberliegenden Giebelwand hinaufsehen. Da hängt, überm hinteren Hallentor, das Krähennest. Eine Milchglas- Stahl-Konstruktion mit umlaufender Galerie. Das Büro von Engelhardt und Papcke, der Geschäftsleitung.

»Die Geschäftsleitung, Kollegen, unsere Geschäftsführer, die haben die drei Jungens von der Zeitarbeit, die wir bis gestern hier hatten, ganz forsch nach Haus' geschickt. Wegen Unbotmäßigkeit. Und sind nun schwer zufrieden mit diesem wackeren Ersatzmann.«

»Bin hier grad erst richtig ganz neu angefangen ...«, murmelt das gar nicht richtig anwesende Gespenst unbehaglich.

»Seht ihr, Kollegen, ein ganz botmäßiges Modell«, sagt Hans, zu uns gewandt. Zufrieden, wie ein Vertreter, der die gelungene Präsentation von etwas abschließt. Dem Gespenst aber gibt er einen sanften Stoß, dass es Richtung Frühstücksraum in Gang kommt. »Dann setz dich da drinnen man erst mal an den Ofen. Wir melden uns, wenn wir Hilfe brauchen.«

Und dann Hans, wieder uns zugewandt: »Kollegen, die Kultur, wenn ihr wisst, wovon ich spreche, die Kultur geht den Bach runter. Es ist noch nicht dunkel, aber es läuft drauf raus. Ran, Leute, ihr habt Haferland einen großen und gewichtigen Haufen an die Rampe zu setzen.« Und Hans scheppert mit seiner abenteuerlich beladenen Ameise davon, in die Weite der Halle.

Ganz leise öffnen Lotte und ich die Tür zum Frühstücksraum, wo der Zerschlissene verrenkt im Sofa liegt und gequält schnarcht. Wir verstauen unsere Jacken und Taschen im Kleiderschrank. Lotte hat innen an ihrer Spindtür ein Poster, das eine Rebhuhnschule auf verschneitem Acker zeigt. So viel dazu. Erst als wir die Wohnwagentür wieder hinterm Schnarcher geschlossen haben, schüttelt Lotte ihren Kopf.

»Macht mich manchmal ganz nervös, dieser Hans. Biegt so einen Tag schon in eine bestimmte Richtung, bevor er überhaupt richtig in Gang gekommen ist.«

Ich sag nix. Denke aber: typisch Lotte. Als ob Hans schuld wäre. Mich trösten seine Kommentare. Hans nimmt auch eine Last von mir: die Last des Weichenstellens. Nachdem so ein langer Tag einmal auf die Geleise gesetzt ist. Und ja auch in Fahrt gehalten werden muss.

Und dann wuseln wir los. Stoppeln die Ladung für Haferland zusammen.

Der sagenhafte Haferland ist eigentlich nur Ersatzmann. Wenn die zuständige Spedition Wichtigeres zu tun hat, dann beliefert er die Elektrohäuser der Vororte. Auf diese Tour wird jedes Mal ein abenteuerliches Artikelsammelsurium geschickt. Elektrogeräte, von denen man vergessen hat, dass es sie gibt: elektrische Lockenwickler und Eierkocher, sonderbare Stehlampen und Samoware. Lotte sucht alles aus der Abteilung Hi-Fi und Fernsehen zusammen, ich bin für den Rest zuständig. Eigentlich haben diese Bestellungen etwas: sie fordern uns Hilfslageristen. Bisweilen entwickelt sich eine Art Ostereiersuche, kommt so was wie Wettkampfstimmung auf. Und manchmal treffen Lotte und ich in den Regalstraßen im Grenzbereich von Tauchsieder und Transistor aufeinander.

Klar rückt Haferland an, bevor wir fertig sind. Haferland fährt keinen Lieferwagen, Haferland fährt einen alten lindgrünen Dieselbenz mit Viehanhänger. Damit hat er, wie er gleich verkündet, gerade noch Elite gekörte Starken zur Auktion nach Verden gefahren. Um nun, aufgeräumt und tatkräftig, hier zu erscheinen, wo wir Tröpfe uns noch den Schlaf aus den Augen reiben, noch nicht einmal seine Lieferung auf die Reihe gebracht haben.

Ich entdecke Hans, der sich in einer abseitigen Regalnische verkrochen hat. Hinter Haferlands Rücken verdreht er die Augen, begleitet dessen Rede mit fuchtelnder Gestik und wischt sich in Abständen das Total-bescheuert Zeichen über's Gesicht.

Haferland ist eine sperrige Erscheinung. Er trägt großknöpfige Joppen aus grobem Tuch, die über seinem Körper spannen wie Stretchleibchen. Er trägt klobige Stiefel und mit sich den Geruch nach Lebendigem, Gesäuertem und Aufgestoßenem. Er stapft schon morgens früh über die Misthaufen. Seine Hände sind riesig, und sein Kopf, recht klein, steckt nur ungefähr da, wo ein Kopf hingehört auf dem riesenhaften Körper. Oben auf dem kleinen Kopf, da trägt dieser pyramidale Mensch eine lachhaft kleine Kappe, und die höchste Spitze dieser wahnwitzigen Erscheinung markiert ein filigranes Schleifchen, das die Ohrenklappen dieser Kappe zusammenhält, sofern sie nicht – bei starkem Frost, oder ich denke auch bei Zahnweh – herabgelassen und mit der Schleife unterm Kinn gesichert werden.

Haferland erscheint mir todkomisch. Seine größte humoristische Leistung aber, eine Leistung, die ich für so irrsinnig halte, dass sie ihn bald von Innen heraus auseinanderreißen muss, ist, dass er sich selbst absolut wichtig nimmt. Und er ist der Zweite, der Lotte und mir heute die Weltläufte erklärt. Was schon los war heute früh, auf der Straße nach Verden, und was daraus zu schließen sei. Vorkommnisse, die die Welt in Atem halten: Haferland berichtet darüber, als wär's weiter nichts. Er hat ja alles kommen sehen, war in jedem Fall schlauer. Wenn er im Auto sitzt, was hört einer wie Haferland? Polizeifunk. Könnt ja mal entscheidend sein, dass einer wie er Bescheid weiß.

Lotte hat den Gabelstapler längst ausgestellt, sitzt ganz verdreht im erstarrten Gerät und sieht nach hinten raus Haferland zu, der frei stehend referiert. Ich lasse meine Ameise im Stich und geselle mich dazu, lehne bequem an Lottes Stapler, auch um nicht weiter Zeuge von Hans' Hinterrücks-Kaspereien zu sein. Und Haferland, der uns mit seinem Vortrag erst in diese Zaungastposition hineingelockt hat, beendet seine Ausführungen mit einer mannhaften Volte: »Ihr zwei Hübschen habt zu tun! Stehlt nicht dem Herrgott die Zeit. Was soll ich meinen Kunden sagen, die auf meine Pünktlichkeit zählen und jetzt schon bald zu Tisch gehen, ohne dass sie ihre Ware erhalten haben.«

Er wendet sich ab und steigt die Stahltreppe zur Geschäftsführung hoch. Zu Papcke und Engelhardt, die sich an ihren Schreibtischen gegenübersitzen und miteinander telefonieren. Wie wir vermuten. Hans taucht aus seinem Versteck auf, blickt hinauf, wo sich die Milchglastür hinter Haferland schließt, und merkt an: »Der große Haferland wertet die Geschäftsleitung mit seinem Besuch auf. Kollegen! Schmeißt ihm den Hänger voll mit seinem Bickbeermus! In einer Viertelstunde gibt's Frühstück. Nicht, dass wir unsere armseligen Stullen in Haferlands Quadratschatten vervespern müssen.«

Von der Rampe hinab sehe ich auf den feuchten Asphalt, der in der Sonne liegt. Bald wird er dampfen. Der frische Wind spendiert launig ein paar Böen, die auseinanderfliegende Zeitungen in den Maschendrahtzaun jagen, der das Gelände umschließt. Der Tag galoppiert, und wir kommen schon nicht mehr hinterher.

Gleich beim Öffnen von Haferlands Hänger hab ich die Hände voll Kuhscheiße. »Mann, Mann«, seufze ich und halte Lotte vorwurfsvoll meine schmutzigen Hände hin.

»Nun stell dich mal nicht so mädchenhaft an«, sagt Lotte, und dann: »Irgendwie ist Haferland einer von uns.«

Das hab ich so noch nie gesehen. Das finde ich interessant.

»Ein Mädchen?«, frag ich Lotte.

Und da schreit es klagend aus dem hohen Himmel, und ich entdecke den Milan, der ein paar atemberaubende Manöver fliegt, um sich einer Schar gehässiger Krähen zu entziehen.

»Guck mal«, sag ich. Und Lotte steht am Rand der Rampe, schirmt die Augen mit der Hand ab und guckt. Mich schwindelt. Im kalten Blau des Himmels ist eine Bewegung, die mich schwindeln lässt.

Ich steige in Haferlands Hänger. Der Fußboden ist eine verfilzte und mit Dung verkleisterte Matte von alter Stroheinstreu.

»Hör mal Lotte, Haferlands Hänger ist ein fliegender Teppich. Das Vieh, das der durch die Gegend karjolt, muss auf der Straße mitlaufen. Polizeifunk hört er nur, um in keine Kontrolle zu geraten. Den würden sie sofort stilllegen.«

»Leg da zuallererst 'ne Schicht sauberer Säcke drüber. Die hat er dabei«, instruiert mich Lotte ungerührt. Dabei beobachtet sie den Abgang des Milans am Horizont.

Als wir fertig sind, alles im verpilzten Hänger untergebracht, die verschissene Klappe verschlossen und verriegelt haben, erscheint der noch besser gelaunte Haferland auf der Rampe.

»Na seht ihr. Es geht doch!«, attestiert er uns freundlich. Ich schüttel den Kopf, als Haferland, ganz bräsig von vergnügter Selbstzufriedenheit, in sein schäbiges, dickes Auto steigt. Ein Bein schon im Fond des Wagens, zögert er, richtet sich nochmals auf und gibt uns, über das Autodach hinweg, noch was mit auf den Weg: »Früher, als kleiner Steppke, hatte ich eine kleine Kutsche. Da hab ich unseren stattlichen Ziegenbock vor laufen gehabt. – Tja, die gute alte Zeit.«

Dann fährt er ab. In seinem Klapperbenz. Und selbst den macht dieser milde Tag eine Ecke leichter. Die Frage aber, ob sein Bockkütschchen nicht das schmuckere Fahrzeug war, bleibt unbeantwortet.

»Warum ist der einer von uns?«, frag ich Lotte skeptisch.

»Der ist ein Vogelmann«, ist Lottes schlichte Antwort. Ich sehe sie entgeistert an.

»Der war in der Schule ein paar Klassen über mir, und der hatte als kleiner Junge …«

»Eine kleine Kutsche und den Ziegenbock davor!«, werfe ich voll Eifer ein. Lotte verdreht die Augen.

»Auch«, sagt sie, »der hatte eine enorme Vogeleisammlung. Und ich weiß, dass der Lehrer, Schadenicht, ihn einmal gebeten hat, die Sammlung mitzubringen. Schon in der ersten Pause haben die Mitschüler ihm ein gutes Drittel der Sammlung zusammengehauen. Aber es kam noch dicker: In der nächsten Stunde hat Schadenicht den Rest der Sammlung für den Sachkundeunterricht konfisziert. Und in der großen Pause dann wurde Haferland in der Aula als abschreckendes Beispiel und mieser Eierdieb der gesamten Schülerschaft präsentiert.«

Das ist nun, wenn ich genauer drüber nachdenke, nichts Neues für mich. Denn Haferland, der heute gern den Apostel der guten alten Zeit gibt, war ein paar Klassen über mir, der ich mit Lotte dieselbe Klasse besuchte. Was ihr manchmal entfällt. Weil meine Eiersammlung recht bescheiden war.

»Du glaubst nicht, wie der auf dem Nachhauseweg geheult hat.« Lotte sieht wieder zum Horizont. Und wie sie das sagt, und wie ich sie kenne – ich sag ja, sie ist sentimental, manchmal – da hör ich richtig, wie ihr die Augen voll Wasser stehen.

»Das kannst du gar nicht verstehen«, sagt sie und dreht sich tapfer mir zu.

Ich denke schon. Ich verstehe, dass der Wichtigtuer gekränkt war. Da wollte er sich mit seiner Sammlung dicketun, und es endet damit, dass man ihn als fiesen Eierdieb teert und federt. Obwohl ich gar nichts sag, sieht Lotte mich erbost an.

»Du bist kein Vogelmann«, sagt sie.

»Hoh!«, sag ich. »So ist die Welt nach Lotte eingeteilt. Und ich, der blöde Kollege, gehör nicht in eure Liga.«

Lotte taxiert mich wortlos. Der Himmel hinter ihr pulst in tiefer Bläue. In der Ferne wirbeln Vogelschwärme. Als wüchsen sie Lotte aus dem Kopf, der riesenhaft ins blendende Blau ragt.

»Frühstück!«, sag ich. Dann.

# KAPITEL V

Hans, der Hausherr, empfängt uns im Campingwagen. »Fofftain.«

Das Gespenst hat sich aufgesetzt. Ganz kraftlos hängt es im Sofa, trotzdem angespannt. Wie ein Schüler, der Angst hat, was zu vermasseln, aber eigentlich weiß, dass es schon längst passiert ist.

»Nun gebt dem Kollegen mal von euren Stullen ab«, fordert Hans uns auf, der selber zum Frühstück nur raucht, aber dem Zerschlagenen einen Schuss Kaffee aus seiner Thermoskanne spendiert.

Das Frühstück verläuft schweigend. Unangenehm still. Fast peinlich. Hans ist mit seinen Gedanken weit weg. Lotte mit ihren bei Haferland, dem Vogelmann, dem man als Jungen so böse mitgespielt hat. Nur das Gespenst kaut unter vernehmlichen Seufzern an Lottes dick belegter Stulle herum.

Nach einer schwer erträglichen Weile gehe ich in die Offensive, entschlossen, die sonderbar unharmonische Frühstücksrunde harmlos, aber lehrreich zu unterhalten. »Der Vogelmann Haferland«, sage ich, und ich suche Lottes Blick, der mich auch gleich – aus zu feindseligen Schlitzen zusammengekniffenen ägyptischen Augen, direkt über ihre Stulle, von der sie gerade abbeißt, hinweg – trifft, »Haferland hat tatsächlich mal eine Verhaftung vorgenommen. Ein ganz großer Moment in seinem Leben.« Und ich erzähle die Geschichte, die wir eigentlich alle kennen. Bis auf das Gespenst natürlich, aber das kriegt ja eh nichts mit. Haferland selbst hat sie ganz atemlos, weil den großen Moment noch in den Knochen, zwischen den Electro-Tech-Hochregalen zum Besten gegeben:

Haferland, auf seiner Auffahrt, den Schneeschieber in der Hand, wurde Zeuge der übereilt und links vorn plattfüßig vollzogenen Vorbeifahrt eines Fahrzeuges, das sich so gleich verdächtig machte. Unter dem Eindruck des schwerwiegenden Verdachtmomentes, begab er sich an sein Rundfunkgerät. Verpasste so ein vorbeijagendes Einsatzfahrzeug aber gewann genügend Informationen aus dem Äther, die Koordinaten der laufenden Verfolgung zu rekonstruieren. Haferland beschloss, mit seinem lindgrünen Diesel-Benz in Aktion zu treten. Bei aller Dramatik der Geschichte selbst, die ich hier nur stichpunktartig wiedergeben mag, weil ich mir in Hans' Campingwagen die Zunge daran verbrannt habe, merke ich, dass mir keiner aus der Frühstücksrunde recht folgt. Das Gespenst: viel zu müde. Hans: hinter Zigarettenqualm in Gedanken. Lotte: beleidigt, dass ich den Vogelmärtyrer weiter vorführe. So bleibe ich mit der Polizei und mit Haferland, wenn auch abgeschlagen weit hinter diesen Verfolgern der ersten Stunde, allein in Verfolg einer Geschichte, die mich nie was anging. Haferland erreichte den Ort der Festnahme. Er fand dort zwei Polizisten derart in ein Gerangel mit einer über und über tätowierten, spindeldürren Person verwoben, dass keiner der Beamten eine Hand frei bekam, Handschellen anzulegen. So war Haferland auserkoren, diese hochamtliche Handlung zu vollstrecken. Er war es, der den Mann, der tatsächlich ein Spinnennetz über das ganze Gesicht tätowiert hatte, dingfest machte. Haferland selber gebrauchte das Wort »dingfest« wie man frisch geputztes Familiensilber benutzt, mehr zum Staunen, in Ehrfurcht. Und auch ich fand das Wort 'dingfest' interessant. Und ich muss sagen: es stößt mir auch jetzt wieder auf. Aber ich fühle mich so gehetzt, diese Geschichte einer ohnehin atemlosen Verfolgung zu Ende zu bringen, dass ich von allen Spekulationen darüber absehe. Ich höre diese zum Schluss heruntergehaspelte Episode im Frühstücksraum verklingen. Die kleine Runde verharrt rat- und teilnahmslos bis feindselig (Lotte). Und ich habe das erst für den Abend befürchtete Wunderhorn-Gefühl schon zum Frühstück: der Autor steht am Rednerpult und ahnt am Ende seines Vortrages plötzlich, wie weit er sich aus dem Fenster gelehnt hat.

»Und jetzt zum weiteren Verlauf dieses lausigen Tages!«, wischt Hans die Haferland-Episode und die peinliche Schieflage in der Frühstücksbude vom Tisch und aus dem Raum. Er erhebt sich und hebt einen Arm über seinen Kopf. Nicht gereckt oder etwa mit geballter Faust, sondern in so einem leichten Winkel, mit über dem Scheitel herabhängenden Fingerspitzen. Wie ein unglücklicher Eintänzer, der in einer Vorstadtdisco auf den Einsatz der Kapelle wartet. Finde ich.

»Kollegen! Gleich werden die Zulieferer kommen. Die Geschäftsleitung aber hat, in Selbstüberhebung und aus klein karierter Rachsucht heraus, den eingearbeiteten Trupp Leiharbeiter vor Schichtbeginn nach Hause geschickt und dafür diesen ganz und gar gebeutelten Kollegen antanzen lassen. Kollegen! Nicht mit uns. Wir fassen hier heute nichts mehr an!«

Und jetzt ballt er seine Faust am durchgestreckten Arm. Seine graue verwuselte Mähne um den massigen Schädel, die gedrungene Figur im offenen grauen Kittel, woanders, auch in der Vorstadtdisco, wäre er ein Quasimodo, eine Vogelscheuche. Aber hier, unbestritten, wenigstens von mir aus, ist er wer.

»Wir verlassen diesen Schuppen voll nichtiger Japsenelektronik. Wir lassen die beiden Wichtigtuer in ihrem Zaunkönigsnest unterm Dach allein. Kollegen! Auch wenn ihr diesen Kulturbegriff nur noch vom Hörensagen kennt«, und Hans gibt den Worten, die jetzt kommen, eine großartige Theaterbetonung: »Kollegen! Wir befinden uns im Arbeitskampf!« Und jetzt steht Hans ganz zusammengesunken da. Vom

Quasimodo hat er sich in kürzester Zeit zum Maestro der Pariser Oper gewandelt, der das Orchester nach einer dramatischen Partie in die Stille entlässt.

»Wenigstens nach der Frühstückspause«, setzt er schlicht hinzu. Sitzt schon wieder an seinem Platz am kalten Ofen und prostet uns mit seiner Kaffeetasse zu.

Wir sind allerdings überrumpelt. Hans raucht ingrimmig seine lordste Luxzigarrette, wir anderen blicken konzentriert zu Boden. Es räuspert sich nicht mal jemand. Das Gespenst schnarcht leise und unterdrückt, wie mit schlechtem Gewissen.

Und Lotte und ich sind wirklich froh, als Hans das Heft wieder in die Hand nimmt. Seine Thermoskanne zuschraubt, in seiner Tasche versorgt und dann mit einem »Mir nach!« zu seinem Spind stürmt. Hans reißt sich seinen Kittel vom Leib und steht schon, in grau wattierter Regenjacke, die Tasche in der Hand, an der Tür. Das Gespenst, brav und verwaschen, wie ein Schatten, latscht hinterher.

»Junge, zieh dir deine Jacke an, und vergiss deine hübsche Aktentasche nicht. Es geht nach Hause. In die Heia.« Zu Lotte und mir ist Hans strenger: »Ihr fangt ja wieder ganz schlafmützig an. Nicht nachlassen im Arbeitskampf!«

Und er stürmt raus in die Halle. Ich bin wirklich begeistert von dieser unvorhergesehenen Entwicklung, dieser überraschenden Weichenstellung, und beeile mich, hinter diesem grau gewordenen Che Guevara her zu kommen. Aber Lotte seufzt genervt, als sie die Rebhuhnschule im Spind einsperrt.

Mitten in der Halle hat Hans sich aufgebaut. Er wächst immer noch, wächst in dieser Paraderolle. Und er brüllt hinauf, dahin, wo die Geschäftsführung in ihrem Büro an der Giebelwand klebt. »Papcke, Engelhardt, aufgemerkt!«, brüllt er. Und Engelhardt, der Untergeschäftsführer, der mit dem Rücken gleich hinter der Bürotür sitzt, erscheint auf der Galerie. Steht gerade, die Hände am Metallgeländer und sieht auffordernd herab.

»Hör mal«, sagt Hans, »es ist zehn Uhr Vormittag« – da schlägt er glatt eine Viertelstunde für uns drauf, denn die Zeiger der großen Betriebsuhr zittern direkt überm Hallentor, unterm Büro, und Engelhardt kann sie nicht sehen – »es ist zehn Uhr, und wir schieben jetzt ab. Schreib das in die Tagespost für deine Konzernleitung.« »Was denn, Herr Schwarz?«, fragt Engelhardt verdutzt von seiner Predigerkanzel herab.

» Hier läuft heut nichts mehr. Du hast ja die halbe Belegschaft nach Hause geschickt. Da können wir auch nicht mehr viel machen.«

»Herr Schwarz: es ist Sache der Geschäftsleitung, Leute zu entlassen.«

»Klar. Das ist es. Hast von Oben eine Lizenz zum Entlassen bekommen und wolltest mal sehen wie es ist. So richtig angekommen wolltest du dich mal fühlen, im Kreis der mannbaren Krieger. Dabei kannst du die Kollegen gar nicht entlassen. Die sind nämlich bei einer Zeitarbeitsfirma angestellt, und nicht in eurem Saftladen. Verstehst du das? Na, ist ja egal, genieß den Rausschmiss mal als ob. Hier jedenfalls läuft jetzt nichts mehr. Betrachte das als Warnstreik. Gruß an Kamerad Papcke.«

Da ist Engelhardt schon zurück im Büro. Und Hans steht tatsächlich mit erhobener Faust inmitten der banausigen Electro-Tech-Halle. »Donnerwetter«, denkt es in mir. Und Lotte kneift die Lippen zusammen, während der dritte Mann fröstelnd leise wankt. »Abmarsch, Kollegen«, schrumpft Hans auf Normalgröße zurück. Wir folgen ihm schweigend und achten darauf, dass das torkelige Gespenst Richtung behält.

Als wir vor der Tür im Tor stehen, sehen wir zurück, und wir meinen, Papckes und Engelhardts Umrisse hinter der Milchglasfront des Büros auszumachen. Auch Hans, schon draußen, jenseits der Schwelle, bleibt mit wehender Silbermähne einen Moment stehen. Er hebt den Zeigefinger, schließt die Augen und erspürt konzentriert das Geschehen in seinem Rücken. »Aufgeregtes Handyfonieren aus dem Zaunkönigshorst. Grüße in alle Welt.«, konstatiert er gut gelaunt und schlägt die Augen wieder auf.

Dann schreitet Hans, und wir brav hinterher, hinaus aus dem Schatten, unter die Sonne. Atmet tief ein und seufzt ein »Was für ein Tag« in den blau bewegten Himmel. Der diesen vormals lausigen Tag überspannt. Und wir setzen, meinesteils zu allem entschlossen, den Auszug fort. »Aufgewacht!«, dröhnt Hans ins Pförtnerkabuff, dass das Wachpersonal erwacht.

Die Straße macht sich noch gerader, als wir am Maschendraht entlang in Richtung flacher Horizont gehen. Vor uns her fegt eine schräge Windböe. Fegt die alten Zeitungen vom Gehsteig, dass sie sich, so hoch sie kommen, panisch am Zaun festklammern. So forsch schreiten wir aus. Wir dreieinhalb tapferen Schneiderlein. Von hinten gesehen, aus so einer Kindskopfperspektive, ein bisschen von unten nach oben, marschieren wir geradewegs in den Himmel. Über dem weiten Urstromtal.

Links: vereinzelt junge Straßenbäume. Rechts: kilometerweit Maschendraht, vor wechselnden Betriebsgeländen. Der Blick über die weite Marsch. Der übermütige Wind und die Luft, vom Regen gereinigt, diese Luft zum Saufen und der Himmel, so blau, dass es einem mit einem Jauchzen den Kopf sprengt. Wir laufen auf dem glänzenden Asphaltband, das wie auf die Landschaft aufgebügelt erscheint. Sind schon längst an der Bushaltestelle vorbei.

»Ich hab ein ungutes Gefühl«: Lotte. »Mensch, Lotte! Schule schwänzen. Ist das schon so lange her? Wer hat bloß gesagt, dieser Tag wäre lausig?« »Er hat das gesagt« petzt Lotte und zeigt auf Hans. Der hat den Helden der Arbeit in den Arm genommen und versucht herauszubekommen, wo der überhaupt hingehört.

»Oh, wir marschieren!«, denke ich. Und vergesse gleich wieder, dass ich nicht einmal genau weiß, wo diese nigelnagelneue Piste eigentlich hinführt.

»Man kann die Schule schwänzen«, sagt Lotte, »aber das hier ist Arbeitskampf.« Das kommt ganz überzeugt, aber keineswegs erfreut aus ihr heraus. »Warum nehmen wir nicht den Bus?«, fragt sie dann. »Weil wir marschieren. Die Brüder marschieren. Zur Sonne, zur Freiheit.« Ich gebe mich meiner Begeisterung komplett hin.

Da erscheint, noch am Horizont, aber rasch näher kommend, Bezelohs Lieferwagen. »Bezeloh!«, stöhnt Lotte. Und steht da, auf diesen gleich wieder komplett unegalen Beinen. Zieht den Kopf ein, als erwarte sie Schläge, weil sie einen albernen Witz gerissen hat. Aber das jetzt ist Ernst. Sie ist ertappt und würde sich gerne verstecken.

Dann ist Bezeloh schon vorbei. Und Fiedler, auf dem Beifahrersitz, hat sich fast den Hals verrenkt. Starrt uns immer noch nach, als der Lieferwagen einbiegt und auf das Electro-Tech-Gelände schaukelt.

Hans hat zu uns aufgeschlossen und verarztet Lotte: »Euer aller Übervater: der Sklaventreiber Bezeloh. Nun zittert nicht, ihr Mehlmützen, vorwärts!« »Wo wollen wir hin?«, fragt Lotte fordernd. »Kaffee trinken. In die Stadt«, umreißt Hans das Programm. »Warum nehmen wir nicht den Zwölfer?« Lotte ist beharrlich. »Können wir ja machen«, lenkt Hans ein, »aber nach so einem Abgang kann man sich doch nicht an der Bushaltestelle vorm Werkstor die Beine in den Bauch stehen.«

Und just kommt uns ein Zwölfer entgegen. Ich springe auf die Straße und fuchtel herum, dass er anhält. »Entern!«, rufe ich den Kollegen zu. Und drin sind wir, in dem leeren Bus.

»Kurzarbeit?«, will der Busfahrer von uns wissen. »Besser noch«, sagt Hans, »setzen Sie uns bitte vor dem teuersten Café der Stadt ab.« »Sehr wohl der Herr.« Der Busfahrer verneigt sich lächelnd. Und ich denke: Hans kann zaubern, ein bisschen Kultur rein zaubern und einem ganzen Tag so eine andere Richtung geben.

Ein paar Stationen weiter stehen wir vor der Tür. Hans instruiert den Busfahrer, wo er den »von den Vampiren völlig leer gelutschten Kollegen« wecken und aus dem Bus entlassen soll. Aber der hat sich traumwandlerisch schon Lotte und mir angeschlossen und steht fröstelnd mit uns vor dem Bus.

Und zu viert sitzen wir im Café. Tja, wir sitzen da. Die reguläre Klientel unserer Kragenweite – Handwerker, Lieferwagenchauffeure und kleinere Bankangestellte – trinken ihren Pott Kaffee am Stehtisch und stopfen sich belegte Brötchen rein. Wir aber sitzen diesen glücklichen Tag in roten Samtpolstern, nehmen Süßes zu uns und trinken den Kaffee aus zierlichen Schalen. Wir sitzen mit den Rentnerinnen. Die haben ihre Teller mit den Anstandsresten der Königinpasteten zur Seite geschoben und unterhalten sich mit zusammengesteckten Köpfen verschwörerisch. Ich denke: Wir sind kleine Luftikusse. Und draußen, vor der Panoramascheibe, gibt der tolle Tag den großen Luftikus. Lässt ein paar Wolken über den Himmel hetzen, dass die Fußgängerzone im trüben Schatten liegt. Und dann strahlt gleich wieder alles, dass man die Augen zukneift. Und der Himmel ist von ewigem herrischem Blau, das nicht einmal Gedanken an andere Farben zulässt.

Hier drinnen, an unserem Tisch herrscht eine merkwürdige Stille. Hans rührt in seinem Kaffee und steckt sich noch eine Zigarette an. Lotte rutscht auf ihrem Stuhl herum und räuspert sich ab und zu, als würde ihr etwas unter den Nägeln brennen. Ein Gast kommt herein und mit ihm ein kleiner frischer Wind. Die Zeitungen, die hier in Bügel geklemmt von einem Haken hängen, klappern.

»Wie soll's weitergehen?«, fragt Lotte.

»Kollegen«, sagt Hans, »mit euch lässt sich kein Blumentopf gewinnen. Wo sind sie hin, die Würde und der Stolz der arbeitenden Klasse?« Lotte stöhnt auf. »Ja, ja, früher war alles besser!« »Vielleicht«, sagt Hans und sieht seiner Kaffeetasse auf den Grund, »vielleicht bin ich ja alt und dusselig geworden, aber manchmal kommt's mir genau so vor. Mehr Kultur auf jeden Fall«, sagt er. Und ich weiß nicht genau, was er damit meint und ob er das weiß. Früher habe die ganze Halle der Spedition Bezeloh zugehört. In der Halle seien Fahrzeuge repariert worden. »Klar, Bezeloh! Der ist auch ein Mafiosi.« Hans redet ganz ohne fix und fertigen Kommentar, ohne griffige Parole. Sinnierend redet er sich davon, und ganz woanders rein. »Ist ein Flüchtlingskind, Bezeloh. War gerade konfirmiert, als seine Eltern hier mit ihm auftauchten. Die mussten froh sein, dass sie irgendwer unterkriechen ließ. Und heute gehört ihm fast die ganze Vorstadt. Kollegen, normal ist das nicht. Und ganz bestimmt ist da nicht alles sauber gelaufen. So eine Art Wirtschaftswunder auf zwei Beinen ist Bezeloh jedenfalls. Und wir, wir wissen nicht genau, wie das Spiel gespielt wurde. Aber Electro-Tech: was die sich abkrampfen, mit den ständig wechselnden Geschäftsführern im Krähenhorst, worum es bei dem Ganzen überhaupt geht, ob wir nur angestellt sind, Verluste einzufahren? Dieses ganze lustlose Spiel, das versteh ich nicht. Versteh es nicht ansatzweise.« Sagt Hans und ist tatsächlich ratlos. »Bezeloh versteht es auch nicht«, macht Lotte sich gemein. »Das ist Bezeloh ganz wurscht, Kollegen. Glaubt's mir. Der hat seinen Betrieb sauber abgewickelt. Der hat sich reell bezahlen lassen. Und uns drei hat er obendrauf gelegt, uns drei mussten sie mit übernehmen. Sonst liefen da längst nur noch Geliehene und Teilzeitler herum. Oder das ganze Electro-Dingsbums wäre weiter nichts als ein großer Postkasten.

Bezeloh, der hat hier richtig geackert. Hat Betriebe aufgemacht. Häuser bauen lassen. Löhne bezahlt. Der hat hier Geld gemacht und Geld gelassen. Aber jetzt: Electro-Tech, kassieren hier ab, was eben geht, zahlen Menschenmiete an die Zeitarbeitsfirmen und werden von heute auf morgen nichts hinterlassen als verbrannte Erde.« Hans blickt auf unseren neuen gebrauchten Kollegen, der tief, in die Polsterung versunken, schläfrig wacht. »Kollegen! Das ist doch ein Ding. Ich kann der neuen Zeitrechnung wahrhaftig nicht mehr folgen: der gute Mann wird entlassen, wie viele andere, und allen wird erzählt, sie seien zu teuer, die Löhne unverschämt hoch. Aber wenn eine Zeitarbeitsfirma und am besten noch ein oder zwei Subunternehmer mit die Hand aufhalten für jede Arbeitsstunde, die er leistet, dann reißen sie sich so um ihn, dass es ihn schier auseinanderreißt.«

»Ich denke, Bezeloh ist wie ein Zeitloch. Ein sackförmiges Loch in der Gegenwart. Ein bisschen ausgefranst an den Rändern«, schlage ich vor. Lotte ist empört: »Der ist in Ordnung«, sagt sie. Und ich denke erschrocken, dass da seine Tochter gesprochen haben könnte.

»Der ist jetzt ein fideler Pensionär, mit einem einträglichen Nebenjob, zum Zeitvertreib«, sagt Hans. »Der in einer kleinen Wohnung wohnt, in einem Mietshaus, das ihm komplett gehört. Der keine Waschmaschine hat und seine Wäsche ins Washcenter trägt, das sein Eigen ist. Er hat keine Frau, aber eine Brigade von Putzfrauen. Und in jeder Imbissbude, die Bezeloh anläuft, grüßt der Wirt mit Bückling. Und niemand stellt ihm eine alberne Wurst in Rechnung. Stirbt der, dann hat er alles der Kirche überschrieben. Dafür kriegt er dann auch noch ein Gutteil vom Paradies übereignet, das er nach Gutdünken weitervermieten darf. Käme es anders, wäre es das erste Mal, dass Bezeloh falschen Versprechungen auf den Leim gegangen ist.«

»Und, was machen wir morgen?«, fragt Lotte, die von Hans immer noch dasselbe wissen will: worauf das alles hinauslaufen soll. »Kollegen, morgen wie immer, pünktlich zur Schicht. Mal sehen, ob die Geschäftsleitung für eine vernünftige Truppe sorgen kann. Und wenn nicht, wenn sie uns in Urlaub schicken, dann habt ihr euch wenigstens mal gerade gemacht. Kollegen: adieu. Übernehmt mal solidarisch meinen Kaffee, und bekümmert euch weiter um unseren bewusstlosen Kumpel hier.«

Und schon segelt Hans in seinem geblähten Windjäckchen auf dem Bürgersteig an der Panoramascheibe vorüber. Ohne uns noch eines Blickes zu würdigen.

»Der kann einen nerven«, sagt Lotte. »Kein Vogelfreund?«, frag ich. Lotte schüttelt energisch den Kopf. »Ich finde, er hat oft Recht, mit dem was er sagt.«

»Genau«, sagt Lotte, »der hat zu viel Recht. Aber nicht das Recht, mir meinen Job bei Electro-Tech kaputt zu machen. Ich hab keinen anderen.« Lotte rührt mit dem feinen Silberlöffel im Zuckerschlick ihrer leeren Kaffeetasse. Dann fragt sie: »Was meinst du, mit Bezeloh und dem Zeitloch?« »Ich sehe Bezeloh als ein bezelohförmiges Loch in der Gegenwart, durch das man ein bezelohförmiges Stück Vergangenheit sieht«, konkretisiere ich die Sache. Lotte reibt sich den Kopf, nicht überzeugt, aber gefasst. Ich finde, dass wir noch nicht ganz quitt sind. »Ist Bezeloh ein Vogelfreund?«, frag ich etwas heimtückisch. Lotte sieht mich befremdet an und sagt, seltsam profan in Anbetracht des Themas: »Der ist Angler. Denk ich.« »Der Wurm!«, fällt mir ein, »der Wurm verbindet euch.« » Du bist aber heute so was von schlau! Hoffentlich können dir deine Dichterkollegen noch folgen, heute Abend«, sagt Lotte und sieht mich missmutig an.

Dann wollen wir lieber raus. In den wilden Wind. Unter die Sonne. Lotte bezahlt. Ich stehe eine Weile in der Tür, tippe dann, in Bezeloh-Manier, an einer imaginären Hutkrempe einen Gruß durch den Raum, Richtung Kassiererin. »Was soll das mit dem Wurm?«, fragt Lotte, während sie grübelnd den Reißverschluss ihres Anoraks zufriemelt. Mir hängt an beiden Armen eine Tasche. Und ich muss zugeben, das auch nicht wirklich zu wissen. »Mehr so ein Dichterwort?«, beharrt Lotte auf ihrer Schleife zu heute Abend. Was mir gar nicht recht ist. Noch ist es kühl, und über den stechend blauen Himmel ziehen jetzt, in zügigem Tempo, kreischweiße Wolken. »Wo wir gerade dabei sind«, drehe ich die Schleife zurück und stelle Lotte auf die Probe, »was ist mit den Dichtern? Vogelfreunde?«, frage ich, und reiche Lotte ihre Tasche. Sie überlegt, während sie sich in Bewegung setzt, auf die beschriebene, nicht eigentlich zielstrebige Art. »Gibt solche und solche«, sagt sie. »Wie genau?«, frag ich streng. Als ob ich hier, in eigener Sache, das Recht hätte, genauere Erklärungen einzufordern. Sie lässt sich noch ein bisschen Zeit, und wir wechseln, inmitten einer kleinen Horde aufgeräumter Menschen, über einen Zebrastreifen, die Straßenseite. Sind jetzt auf der Sonnenseite der Straße. Gleich ist es wärmer. »Tja«, fängt Lotte ernst, fast bedächtig an, »würd mal sagen: solche, die der Vogelsang inspiriert, die eine kleine demütige Verbeugung vor ihm machen. Und die anderen, die eitel dagegen andichten.« Ich will gar keine Namen hören. Gar keine Beispiele für die ein oder anderen Parteigänger haben. Aber ich staune über Lotte. Darüber wie sie mich immer wieder in Erstaunen versetzt. Ohne es darauf anzulegen. Ja, ich behaupte: ohne mein Staunen überhaupt zu registrieren. »So, so«, sag ich.

Plötzlich durchfährt es mich: wir haben unseren todmüden, unseren dritten Mann im Cafè liegen lassen. Lotte nimmt mich am Arm. Streng sagt sie: »Hör doch auf, den zu bemuttern. Den wecken sie und schicken ihn nach Haus'. Mehr könnten wir auch nicht machen, und bezahlt hab ich alles.«

Wir schlendern Richtung Rathausplatz. Geraten tiefer in die Fußgängerzone. Lotte scheint sich nicht mehr daran zu stören, dass wir treiben, ohne Ziel. Vor einem großen Kaufhaus stehen immer ein paar fliegende Händler. Aufschwätzer und Obskuranten. Die schmeißen sich richtig rein: Vorführungen und Verkaufsshows, dass man meint, man sei Zeuge exklusiver Enthüllungen, und die banalen Dinge, die sie anpreisen, wären richtig verstanden sensationelle Weltneuheiten. Und heute steht da einer, in so einem bunt bemalten Kasperlbudenanhänger, der redet was von einem handbetriebenen Gerät, mit dem man: Muskatnüsse, Bananen und Weißkohl zerreiben könne. Als wäre das der Durchbruch durch eine letzte technische Schallmauer.

Als öffne sich mit Inbetriebnahme dieses Gerätes, ein neuer Zeitalterhorizont. Und das Publikum, dem Lotte und ich längst beigetreten sind, hauptsächlich Damen mittleren Alters, ist schon längst im Bann dieses wunderbaren Impresarios.

Lotte und ich steigen auf die Betonsteinfassung einer Stiefmütterchenrabatte. Und wir sehen den Zauberlehrling die angekündigten Ingredienzien in der angegebenen Reihenfolge: raspeln, reiben und pürieren. Getragen von einer fröhlichen Zuversicht, kurbelt er an einer langspielplattengroßen Lochblechscheibe, die in einem Stieltopf läuft. Nicht ganz unangestrengt gelingt ihm die herkulöse Tat. Nachdem das Fachpublikum aus der ersten Reihe das Resultat begutachtet hat, Begeisterung in der Luft liegt und er sich schon die ersten Ordern entgegennehmen sieht, meldet sich ein Mütterchen, das vor Lotte und mir am hinteren Rand der Ansammlung steht: »Wenn sie nun aber zuerst den Weißkohl, dann die Banane und zum Schluss die Muskatnuss gerieben hätten, dann hätte das alles nicht funktioniert.«

Das nun ist kein harmloser Einwurf. Das kommt einem vernichtenden Urteil nahe. Und der Mann in der Kasperlbude, er fällt fast vornüber und verharrt eine theatralische Minute in einem tiefen Diener. Beugt er sich dem Urteil? »Meine Dame«, richtet er sich wieder auf, »meine Dame, Sie setzen mich einem furchtbaren Verdacht aus!« Und er gibt in bewegenden Worten seiner tiefen Enttäuschung Ausdruck, dass eine so rechtschaffene und ehrliche Haut wie er sich dem Vorwurf des Betruges und des Falschspiels ausgesetzt sehen muss. Und alle fühlen mit ihm. Sehen sich um nach der zänkischen Anschwärzerin.

Und er bittet die Dame nach vorne. Er bittet sie, seine Börse, seinen ganzen Verdienst, an sich zu nehmen. Er würde ihn erst zurückverlangen, wenn sie zugeben müsse: er hätte alle Verdächtigungen, die sie gegen ihn erhoben habe, zerstreut, widerlegt und ausgeräumt. Vorm Wind huschen ein paar Zeitungsblätter unter seine Bude. Und er raspelt, püriert und mahlt nun streng in der von der Dame, die jetzt neben ihm steht und aufgeregt seine dicke Börse knetet, eingeforderten Reihenfolge. Und sie juchzt fast, als sie bezeugen kann, dass alles gut ist. Und sie gibt ihm sein Portemonnaie zurück und ist ganz aus dem Häuschen in dem Kasperhäuschen. »Nee!«, sagt sie, »dass es so rum auch geht!« Und sie kauft gleich eines von den Dingern.

Dann passiert es. Gleich nach dem Kassieren. Als das Muttchen, das Aggregat wie eine Trophäe über ihrem Kopf schwenkend, den Wagen verlassen hat. Da fährt so ein Wind heran. Eine ganz kleine Windhose ist es. Die schraubt die alten Zeitungen um seine Bude herum in die Höhe. Er aber lässt sich von den Frauen, die sein Charme ganz enthusiasmiert hat, zu einer Art Samba-Hüftschwung hinreißen. Während die Zeitungen wie nasse Lappen aus der erschlafften Windhose fallen, bleibt er in seiner seltsamen Bewegung hängen. Im bleichen Licht seiner Bude. In einer unglaublichen Schräglage. Die linke Hüfte fast unter die Achsel gezogen. Die fleischigen Hände hängen leblos aus den Ärmeln vor seiner Brust. Wie die Pfoten bei einem Hund, der Männchen macht. Sein Lächeln hält an und wird eindringlicher.

Wer kann ihn retten?

## KAPITEL VII

In diesem dramatischen Moment, der aus jeder Dramaturgie gefallen scheint und sich eventuell gar nie mehr auflöst, ohne dass jemand von außen mit einem Schubs oder einem leichten Schlag, einer Winzigkeit eben, die ganze auf einem toten Punkt schwebende Szenerie wieder in Gang setzt, nimmt Lotte mich an der Hand: »Lass uns weg hier.« Und, schon hinter ihr hertrottend, sag ich: »Ach, Lotte.« Ich blicke über die Schulter zurück.

»Lass uns was Schönes machen und nicht bei diesen Werbepausenclowns herumhängen«, hat sie längst entschieden. Die flotte Lotte. Seltsam hart, angesichts des Schicksals dieses wackeren Mannes. Mich durchfährt eine kalte Böe. Mich erfüllt ein klares Gefühl, das ich euch, ohne zu zaudern, als männlichen Fatalismus verkaufe. Das zweite Mal, innerhalb kurzer Zeit, bleibt hier jemand auf der Strecke. Ich weiß: es grenzt an Verrat, aber ich entscheide mich für Lotte, die mich am Arm aus dem erstarrten Auflauf bugsiert. Und als wir am Rande der Fußgängerzone stehen, auf Fußgängergrün warten, habe ich den Mann schon vergessen und einen Plan entwickelt. Lotte aus den Niederungen und Wirren dieses Tages, denen sie nicht gewachsen scheint – nur so kann ich ihre Härte entschuldigen – zu entführen. »Lotte, warst du seit deiner Konfirmation mal wieder auf dem alten Michaeliskirchhof?« Lotte sieht mich an und schüttelt den Kopf. »Lass uns da mal hingehen. Da zeig ich dir was.« »Was?«, bleibt Lotte misstrauisch. »Was ganz Besonderes«, sag ich. Und riskiere viel, denn Lotte denkt jetzt an Rohrdommel-Gelege, oder sogar an einen Uhuhorst. Und sie wird mich zur Verantwortung ziehen, so wie sie heute drauf ist. »Lotte, das ist ein ganz ruhiger und verwunschener Platz da«, stimme ich sie auf etwas Unspektakuläreres ein.

Wir verlassen den inneren Zirkel der Stadt, wo die Patrizier ihre residenzartigen Kontorhäuser aufgeführt haben. Die Bebauung in der so genannten Neustadt ist auch uralt, aber hier trifft man auf bescheidenere Quartiere. Vor ein paar Jahren, zu einer Zeit, die ich noch gut erinnere, gab es hier wenig Farbe an den Fassaden, und über dem Viertel hing der Geruch von Kohlebrand. Es gab ungepflasterte kleine Plätze, und im mittagswarmen Sand dösten herrenlose Hunde. Und es gab, unglaublicherweise, eine bescheidene Rotlichtviertelmeile, die etwas so Verhuschtes hatte, dass sie immer wie geträumt und surreal erschien, im schabrackigen Drumherum. Jetzt ist alles schick. Und Menschen wohnen hier, die längs der renovierten und gestrichenen Fassaden Zierpflanzen pflegen. Plötzlich stehen Lotte und ich vor der Michaeliskirche. Wie eine gewaltige, mürrische Glucke hockt sie auf dem Pflaster des Michaelisplatzes. Und die Kükenschar der bunten Häuser ringsherum: Angst vor der Welt hindert sie daran, sich auf und davon zu machen. Gern würden sie zurück, unter die Fittiche der Glucke. Aber: Angst vor ihrer mürrischen Mutter lässt sie in respektvollem Abstand verharren. So ergibt sich der schöne Michaelisplatz ganz von selbst.

»Lotte«, sag ich, und wir bleiben mitten auf dem stillen Platz stehen, »genau hier hab ich mal gespürt, dass diese Stadt eine Seele hat. Hier kam ich einmal spät am Tag vorbei. Der Abend senkte sich herab, wie eine bekannte und gewichtige Gestalt, die langsam Platz nimmt auf einem für sie bereitgestellten Stuhl. Schwalben jagten ganz still in der Dämmerung über dem Platz. Und oben, vom Kirchturm herab, fielen Glockenschläge. Ganz nah, und doch so zart, als wären sie nur gedacht. Von schläfrigen Gedanken erzeugt. Und alles stimmte überein. Und keines konnte es ohne das andere geben: keine Stadt ohne die Glocken, keine Dämmerung ohne das Läuten, keinen Tag, keine Nacht, kein Morgen, kein Gestern. Auch nichts ohne den huschenden Schwalbenflug.« »So«, sagt Lotte. Ärgerlich streich ich die extra für Lotte hereingeschummelten Schwalben aus dem Bild und behalte sie für mich. Wirklich: es funktioniert wie beschrieben auch ohne Schwalben.

Alles an der dunkel backsteinernen Michaeliskirche ist kantig, groß und schnörkellos. Winzig stehen Lotte und ich vor der schweren Holztür. Die, man wundert sich immer, dass es so ist, sich öffnen lässt. Drinnen strebt alles umstandslos in die Höhe. Die Pfeiler, die dieses hohe Kirchenschiff tragen, weisen hinauf. Im Lot, stehen sie nicht alle, diese Pfeiler. Einige krängen, denn diese Kirche ist auf unsicherem Grund errichtet. Darum ist das Deckengewölbe mit grünen Baunetzen abgehängt, die herabbröselnden Putz auffangen sollen.

Ein Jemand, allein und im silbrigen Anzug, sitzt im lichten Dämmer, der sich von der Höhe der netzverhangenen Decke des Kirchenschiffes herabsenkt. Er sitzt wie zur Andacht auf einer der harten, engen Büßerbänke. In die die Gläubigen sich zwängen sollen. Dass sie wie in ein Regal sortiert scheinen. Dem Herrn zur Übersicht. Aber dieser Mann: er knistert mit einer großformatigen Zeitung.

Lotte und ich stehen eine Weile schweigend. Und als es mir genug scheint, raune ich ihr zur Erinnerung ins Ohr: »Ich wollte auf den Kirchhof.« Und wir verlassen den stillen, rostgoldenen Dämmer des Kirchenschiffs, der schwer zu wiegen scheint.

Im Eingangsbereich weise ich Lotte auf eine Gedenktafel hin, die ich selber noch nie zur Kenntnis genommen habe. »Sieh mal an, der hat hier auch gezwitschert.« Johann Sebastian Bach, lesen wir, war als Waisenknabe in einem Kloster der Stadt untergebracht und hat im Knabenchor dieser Kirche, gegen den schweren Dämmer angesungen. Lotte staunt über diesen anderen Waisen. Und ich fühle mich bemüßigt, ihn davonzuschicken, denn ich möchte Lotte an diesem Ort mit einer ganz anderen Person bekannt machen. »Er war nur zwei Jahre in der Stadt«, doziere ich vor Lotte. »Er hat sie, vierzehn Jahre jung, per Pedes flussabwärts verlassen. Um den damals schon großen Buxtehude in Lübeck aufzusuchen.«

Lübach, Buxtehude, Fluss, das ist Lotte gleich zu viel Bach, Land Stuss.

Dann stehen wir hinter der Kirche, auf dem Kirchhof. Unter den gewaltigen Friedhofsbäumen. Kolossalen Kolossen. Frühgotischen Bäumen eben, mit Wurzeln, die, blind und tief im Dunkel, gar nicht mehr wissen, für wen oder was sie nährend von der Erde saugen. Und Ästen, hoch über der kleinen Stadt, die sich als dem Himmel zugehörig begreifen. Denn diese Bäume sind eigene Kosmen in Zeit und Raum. Kosmen mit Anfängen vor aller Erinnerung und einem Ende im Unvorstellbaren, das längst eingetreten ist. Erst jetzt, als Lotte und ich ganz klein auf dem grünen Rasen, im Schatten der efeuumwucherten Friedhofsriesen stehen – und all die alten Grabplatten sind längst zerwittert, nur noch Schemen ihrer selbst, alle Inschriften: sinnlos bröckliges Gespinst – erst jetzt sag ich: »Lotte, ich wollte dir Gottschalks Grab zeigen.« »Der war doch heut Morgen noch ganz munter!«, entsetzt sich Lotte. »Gottschalk«, sag ich, »Gottschalk, nicht Gottlieb. Gottschalk soll hier schon neunhundertvierzig Jahre, so übern Daumen: 940 Jahre, ruhen.« Lotte ist entgeistert. Sie schaut sich um, als grusele sie so ein alter Toter.

»Gottschalk«, und ich weiß, jetzt fange ich, Lotte sieht das so, wieder das Klugscheißen an. Ich will aber eigentlich nur: dem Himmel alles Gefieder aus-, und Lotte den Ausblick auf einen weiten, in allen Dimensionen offenen Horizont herbeireden.

Gottschalk sei ein slawischer Prinz gewesen, referiere ich Lotte hastig den Fall, weil ich ihre Ungeduld fürchten muss, der hier im Kloster zu einem guten Christen herangebildet werden sollte. Wie man das damals verstanden habe. Da habe den jungen Mann die Nachricht erreicht, dass sein Vater heimtückisch von Sachsen erschlagen worden wäre. Schon wieder eine Waise, durchfährt es mich. Atemlos setze ich meinen Vortrag fort: »Da spuckte Gottschalk auf die Bibel. Christen waren es ja, die seinen Vater auf dem Gewissen hatten.« Er sei heimgekehrt zu seinen Leuten, habe sie sich rüsten und die Pferde satteln geheißen und einen furchtbaren Rachezug begonnen. »Von hier bis Faldera hinauf«, deute ich Lotte mit großer Geste das unerhörte Ausmaß dieser Rache an, »erfüllte er die Gegend mit Schrecken und Blut. Das ging so eine ganze Weile. Er und seine Komparsen« – ich spreche Lotte von Komparsen und weiß, dass es falsch ist, aber es klingt angemessener – »waren der Schrecken der ganzen Gegend. Und der kleine Mönch, der Chronist Helmholtz, berichtet uns aus jenen Tagen, dass Gottschalk selbst der Sache schließlich überdrüssig wurde. Einmal, als er müde und allein unterwegs war, traf er auf einen sächsischen Bauern und fragte ihn, vom Ross herab, ob er von Gottschalk gehört habe und was er von ihm hielte. Das Bäuerlein aber erklärte, indem es sich auf die Knie warf, dass Gottschalk der ruchloseste Blutsäufer sei, der auf der Welt sein Unwesen treibe. Seine Seele habe Gottschalk längst an den Satan verloren. Da erbleichte Gottschalk. Und er entsetzte sich über sich selbst. Er entließ seine Männer und entsagte dem Schwert.«

»Weiter«, sagt Lotte. Mehr um es hinter sich zu bringen als aus Höflichkeit.

»Dann machte Gottschalk rüber, was damals hieß: nach England. Wo er glänzend am Hofe empfangen wurde und in hohem Ansehen stand. Jahre später kehrte er heim, eroberte seinen Thron zurück und war ein angesehener Mann. Lebte in Frieden mit seinen Nachbarn. Bis er, in einer Erhebung gegen das Christentum, von seinen eigenen Leuten erschlagen wurde. Und zwar im Jahre 1066. Lotte! Tensixtysix!«

»Tännsigstiesiks?«, zuckt Lotte die Schultern. Hier hätte ich eine andere Reaktion erwartet, denn: das haben Lotte und ich aber eingebimst gekriegt. Im Englischbuch war das eine ganz große Geschichte. »Lotte, da war dieses Bild im Englischbuch, dieser Wandteppich: all die Wikingerschiffe. Vögel waren auch die Menge drauf. Tensixtysix: da ist Wilhelm der Bastard nach England rüber und hat all die Herrschaften erschlagen, die den Obotritenfürsten zuvor so freundlich aufgenommen hatten. Und im selben Jahr wird Gottschalk hier beerdigt.« Ich finde das alles ganz unglaublich und aufregend. Wie unsere Stadt durch Gottschalk in den großen Teppich Weltgeschichte eingewebt scheint. Lotte sieht das anders. Lotte lässt schnaubend Luft ab.

»Wo hast denn das alles her?« Hier spricht Lotte einen ganz wunden Punkt an. Meine Quelle ist allerdings mehr als profan, ist fast piffelig. »Stand im Kreiskalender«, gestehe ich ehrlich ein. Ich bin der Einzige, unter fünfundsiebzig Jahren, der im Kreiskalender rumschmökert. Eine jährliche Publikation der Lokalzeitung, in der Geschichts- und Heimatvereine Abstrusitäten und Exotisches aus der regionalen Vergangenheit veröffentlichen oder Werke vergessener ortsansässiger Großdichter exhumieren. Altes Volk kriegt den Kreiskalender unter den Weihnachtsbaum gelegt, wenn eine Flasche Schnaps übers Jahr nicht mehr leer wird. Ich leihe mir den Kreiskalender von Großonkel Gottlieb aus und lese mit Lust darin. Was ich eben zur Kausa Bach verlautbaren konnte: alles solides Kreiskalenderwissen.

Lotte grinst breit.

»In ein paar Jahren kommt ein Kreiskalender raus, der sich ganz und gar Bezelohs Schaffen und Streben widmet«, kündige ich drohend an. Lotte stöhnt unwillig auf. Sie setzt sich auf eine Bank vor der efeuberankten Friedhofsmauer, reckt sich und legt den Kopf in den Nacken. »Wird nix mehr von nach sein, von deinem Gottschalk.« »Aber sollte doch irgendwo eine Tafel geben«, sage ich und denke: für so einen großen und weit gereisten Sohn dieser bescheidenen Stadt. Einen, der sogar zurückgekommen ist. »Ich werde mich mal umgucken.« Und ich wandele unter den Baumriesen. »Bezelohbäume«, denke ich. So ist er. Sie sind ihrer Vergangenheit ganz und gar entwachsen, Bezeloh und die Bäume. Allem entwachsen, was mit ihnen begann, weil es längst spurlos verschwunden ist. Ihren Wurzeln entwachsen, die sie in der Welt halten und sie blind nähren: mit Vergangenem. Die Vergangenheit ist in ihnen beständige Gegenwart geworden. Das Zeitloch, durch das man die Vergangenheit zu sehen glaubt, ist konkreteste Gegenwart. Statisch gegenwärtige Vergangenheit, die nur noch ist. Kaum noch war. Und deren Zukunft, sofern sie werden wird, nur noch ein Vergehen, ein Nichtmehrsein ist. Die Zukunft aller Gegenwart eben.

Aber: die Wurzeln der Bezelohbäume halten keinen Gottschalk im Arm. Wenigstens weist nirgends ein Schild auf diesen Sachverhalt hin. Und ich gehe herum auf dem fetten Rasen, bis an die dunkle, efeubewachsene Mauer, die den Kirchhof einfriedet. Plötzlich spüre ich es: der schwere Mittagshimmel, bleigrau jetzt, lastet genau über diesem ummauerten Geviert. Hier hört man nicht einen Vogel. Hier ist es stickig und grabesstill.

Unter Büschen, an der Mauer, finde ich einen Pack Zeitungen. Ein Austräger hat sich hier seiner Last entsorgt. Ich sehe zurück. Schräg gegenüber, vor der auf die Kirche zufluchtenden Mauer, fließt Lotte, lang ausgestreckt, unverändert von der Bank. Ich gehe in die Hocke und sehe mir eine dieser Zeitungen an. Blättere mit spitzen Fingern in dem welken, schlaff verquollenen Papierstoß herum. Und finde: fürs Wochenende ein Mittelalter-Spektakel avisiert. Ein Familien-Event soll in der gesamten Fußgängerzone toben. Ein Spiel, in Original-Kostümen, rund um den Obotritenfürsten Gottschalk. Der, so heißt es, vor tausend Jahren geboren worden sei. Ich staune nicht schlecht über den Hokuspokus.

Aber ich muss mir eingestehen: für Lotte finde ich hier nichts. Keinen Grabstein, keine Gedenktafel, nichts Aktuelles. Ich beende meine halbherzige Suche, und beschließe die kleine Runde über den Michaeliskirchhof unter den Bezelohbäumen. Lehne mich an den Stamm eines der Riesen. Schaue, ohne etwas zu erwarten, rüber zu der halsstarrigen Diagonale, die die steife Lotte auf der Bank gibt. Eine Gerade, die die Bank nur in zwei Punkten berührt: mit dem Hintern auf der äußersten Kante der Sitzfläche und mit der Schulter am oberen Rand der Rückenlehne.

Ich denk mir so meinen Teil. Auch dass manche Tage schlecht geraten, aus dem Ruder laufen. Und Lotte: ist für mich heute gar nicht mehr zu erreichen, denke ich.

Ich schließe die Augen.

Einmal machte ich mich auf den Weg, sie zu besuchen. Vororts in ihrer Datsche. Es war ein milder Herbsttag, als ich mich in den Sattel meines großen, schwarzen Fahrrades schwang und den Königsberger Stieg hinunterglitt. Mein altes Rad: es rollte von selbst. Und meine Gedanken: tollten voraus und schnürten hinterdrein. Ich ließ sie an der langen Leine laufen. Sie passierten mir und mich auf eine drollige Art und Weise. Und ich schwob und erfreute mich am Schweben in der milden Luft. War randvoll von Freude, dass es fast schon schmerzte. Eine Freude, entzündet von der noch tief stehenden Sonne, die auch eine Sehnsucht über der ganzen frühherbstlichen Landschaft entzündete. Eine leichte, aber tiefe Sehnsucht, die eine Gnade und ein Balsam war. Weil sie mich an die Liebe erinnerte: Liebe zu dieser Landschaft und diesem Leben, im Sattel des schwarzen Fahrrades. Diesem Leben im lauen Rückenwind.

Dann begann mich ein metallisches Schaben, das von der Kette oder vom Tretlager des geliebten Fahrzeuges herrühren mochte und einsetzte, wenn immer ich in die Pedalen trat, zu nerven. Regelrecht zu ärgern. Und zu guter Letzt mich aufzuregen. Dass ich aus der allumfassenden Gnade dieses Tages zu fallen drohte. Wegen eines kleinlichen, bösartigen Schabens.

Ich unterbrach den wunderbaren Fluss meiner Reise. Ich stieg vom Rad und drückte und bog am Kettenschutz herum. Mit schwarzen Fingern setzte ich die Fahrt fort. Das schabende Geräusch aber änderte die Tonlage und wurde lauter. Vielleicht, weil eine kleine Bergaufpartie vor Deppenstedt verstärkte Pedalarbeit erforderte. Mich erfasste Enttäuschung, dass ich der beharrlichen Störung nicht beizukommen vermochte.

Und als ich, schabend, in Deppenstedt einfuhr, da stand das Tor einer Eigenheimgarage auf. Ohne nachzudenken fuhr ich dort hinein. Ich fand einen Achter Schlüssel auf einer gut sortierten Werkbank und öffnete die Ölstopfenschraube über dem Tretlager. Frohgemut sah ich mich dann auf den Ablagen und in einem Werkzeugschränkchen nach einem Tropfen Öl um. Ich hatte nichts als den schönen, finalen Satz im Sinn: Jetzt noch einen Tropfen Öl.

Da öffnete sich die Brandschutztür, die ins Eigenheim führen musste, wie ich ungerührt konstatierte, und der mutmaßliche Heimeigner, ein gepflegter Herr in mittlerem Alter, sah mich entgeistert, durch eine fassungslose Brille hindurch an. »Ich suche einen Tropfen Öl«, teilte ich ihm, etwas unwillig wegen der Störung, mit. Und der fassungslose Herr schloss umständlich die Tür hinter sich, und während ich dem Tretlager Öl gab und auch die Kette mit einigen Tropfen bedachte, rutschte der Herr, auf unangenehm theatralische Weise seine Fassungslosigkeit demonstrierend, wie mir schien, an der Tür hinunter. Und blieb, mit gespreizten Beinen, auf dem Boden sitzen. »Aha«, sagte er dann. Ein wenig kraftlos.

Ich drehte die Ölstopfenschraube fest, legte umsichtig Schraubenschlüssel und Ölkanne an ihre Plätze zurück, bevor ich mich wieder der Person zuwandt, und unwirsch, dass es fast wie eine Drohung klang, fragte: »Kann ich Ihnen behilflich sein, drückt Sie irgendwo der Schuh?« Dann stieg ich, noch in der Garage, aufs Rad. Und ohne eine Antwort auch nur abzuwarten, fuhr ich hinaus ins Licht. Das Schaben war nur noch ein leichtes Schleifen. Weniger ätzend. Aber in die Gnade des milden Morgens fand ich nicht zurück. Kam diesen Tag nicht mehr an, bei Lotte. Aber so, vom Wegrand aus betrachtet, sah es aus, als ob ich unbekümmert weiterschwob. Meinem Ziel entgegen. Durch einen verheißungsvollen Morgen.

## KAPITEL VIII

Eben noch war ich ganz weit weg.

Unterwegs, auf dem Fahrrad.

Jetzt tippt mir jemand mit spitzem Finger an die Stirn.

Und holt mich zurück.

Ich hab die Augen geschlossen. Stehe unterm Friedhofsbaum auf dem Michaeliskirchhof. Steh mit dem Rücken gegen den Stamm gelehnt.

»Ich kann es nicht finden. Gottschalks Grab: sie haben es verkommen lassen«, sage ich und öffne die Augen.

Ich blicke in Lottes Gesicht.

Eine Armlänge entfernt.

Und sie sieht mich an, aus ihren großen dunklen Augen, und tut gar nichts, um die Tränen zu verbergen. Sie weint mir mitten ins Gesicht.

»Ich bin schwanger«, sagt sie.

Dieses weinende Gesicht, unter den Bäumen, im ernsten Dunkelgrün des Michaeliskirchhofs, ist meine Rettung. Sonst hätte die Nachricht von Lottes Schwangerschaft mich umgehauen. So aber muss ich sofort etwas tun, damit es aufhört, aus diesem Gesicht zu tränen.

»Toll«, sag ich. Und ich denke: Lotte!

»Toll, Lotte«, sag ich.

Wir stehen unter den Bezelohbäumen, und ich bin dankbar, dass er dieses Kleinod von Lotte zeugte. Die, wie ein ganz vertrautes Ding, schon immer in meinem Leben zugegen ist. Ich stand als Zaungast vor ihrer Sandkiste. Ging hinter ihr her zur Schule. Ich saß ihr schräg gegenüber, wenn im Sachkundeunterricht die kleine Lotte, wie eine Alte, wie die eigentliche Autorität, Schadenichts vogelkundliche Einlassungen abnickte. Ich jobbte bei Bezeloh, als sie dort ihre Lehre machte. Und jetzt macht sie mir die Electro-Tech-Tristesse erträglich. Manchmal habe ich gedacht, dass man mit einem Kuss ein so langes und eingespieltes Zusammenleben zu einer Episode einschrumpfen könnte. Und dann habe ich gelegentlich auch gedacht, dass man mit demselben Kuss vielleicht auch eine Tür in ein ganz anderes Leben hätte aufstoßen können. Und jetzt, wo der Vogel Lotte schwer schwanger aus dem Himmel gefallen ist, bin ich, – klar – sicher, ich hätte diesen süßen Filmkuss mit ihr geküsst haben sollen.

Und ich lege ihr einen Arm um die Schulter.

Kein Lufthauch regt sich. Ganz still weint es aus Lottes ägyptischen Augen. Müde versucht sich eine Drossel emblematisch am Tag.

»Komm, Lotte«, sag ich, »wir gehen in die Wallanlagen. Was trödeln wir hier auf dem Friedhof rum.« Wir holen unsere Taschen, ich lege meinen Arm um Lotte und sie ihren Kopf an meine Schulter, als wir den Kirchhof verlassen. Was für eine blöde Idee, eine Schwangere hierher zu führen. Gravid, Graveyard und gravity, das liegt doch unnatürlich und ungut eng beieinander. Und dann das verstaubte Gottschalkzeugs, mit dem ich sie hier behelligt habe.

Und wie wir uns vom Gottesacker machen und der formlose Schatten der Kirchenglucke uns freigibt, verliert der lähmende Mittag an Macht. Ein dumpfer Donner, wie aufgestoßen, streicht in einer großen Diagonalen vom Himmel und überholt auf dem abwärtigen Weg die drei dicken Tropfen Regen, die um uns herum aufs Pflaster platschen. Jetzt regt sich ein Lüftchen. Jetzt setzt Vogelsang ein. Laut und vielstimmig. Entschlossen, dass es weitergehen soll mit diesem Tag.

Lotte schnieft laut. Plötzlich sieht sie verknautscht und zerheult aus. Aber sie sagt: »Ist schon besser«, macht sich gerade und schultert ihren Kopf. »Eigentlich ist alles in Ordnung«, sagt sie. Und: »Tut mir leid, dass ich so geflennt hab.«

Wir gehen eilig und schweigend die paar Schritte vom Friedhof zum Park. Die ehemaligen Wallanlagen sind heute ein städtischer Park. Der Himmel zwischen den flirrenden Baumwipfeln läuft voll Farbe. Lotte und ich lagern im Gras, unter einer lichten Baumgruppe, am Hang, über dem ehemaligen Stadtgraben. Das alles haben sie zu einer feierlichen Parklandschaft umgegärtnert, mit Hügeln und lockeren Gruppen großer Bäume.

Im vierten Monat schwanger sei sie jetzt, sagt Lotte. Und dass es sich verbiete, vorher darüber zu sprechen. Bis zum Ende des dritten Monats sei noch nichts sicher, der Zustand noch zu gefährdet. Und das Herumerzählen könne Unglück bringen. Sagt Lotte und blickt von der Höhe des Stadtwalls in die Ferne. Wo sich einst der Feind sammelte. Und ich denke an ihre Tränen und finde sie so tapfer. Tapfer wie Gottschalk in seinem Entschluss, mit der Raserei einzuhalten. So tapfer erscheint mir Lotte in diesem Moment, dass es mir fast das Herz bricht.

»Ist es wegen Fiedler?«, frag ich, in einem ganz falschen Tonfall. Lotte dreht sich um und sieht mich belustigt an. Trotzdem und trotzig denke ich zu Ende, was zu denken ich mir in letzter Zeit angewöhnt habe: Fiedler ist kein Mann für Bezeloh. Und auch kein Mann für Lotte. Jetzt, im Handstreich und auf einen Schlag, macht dieser Fiedler Lotte zur Mutter und Bezeloh, mutmaßlich, zum Großvater.

»Mit Fiedler ist alles gut. Er freut sich. Und ich kann mich wirklich auf ihn verlassen«, sagt Lotte. »Nur manchmal krieg ich Angst. Weil jetzt alles anders werden wird. Unwiderruflich. Und ich kann mir nicht genau vorstellen, wie wir das alles wuppen sollen.«

Nestbau. Brutpflege. Lotte, Fiedler. Schießen mir wirre Gedanken ins Kraut. Ich halte aber lieber den Mund. Mir ist klar: die drehen sich alle auf eine unangemessene Art um mich. Ich aber bin eindeutig eine Nebenfigur in dieser Geschichte. Wir liegen im Gras und schauen hinauf. Wo die Baumkronen im Himmel quirlen. Und man der Vögel nur gewahr wird, wenn sie den Ast wechseln.

»Wir müssen rechnen. Wir wissen noch nicht, wie

wir das machen. Wir könnten zwei Mieten sparen, wenn wir in die Kate zögen.« Klar, dass ich ›zusammenschieben‹ denke. Und an Fiedlers unsäglichen ersten Auftritt in dieser Kate. Wie er sich inmitten des Schmiersals die Küken einverleibte. Ich sage: »Wenn ihr Hilfe braucht.« »Deshalb nervt mich dieser Hans-Quatsch von heute Morgen. Wäre schön, die Arbeitsstelle jetzt nicht zu verlieren.«

Ich sehe alte Mütterchen, Gartengeschirr im Arm, durch die lichten Schatten des Parks Richtung Michaeliskirchhof laufen. Die Alten pflegen die Gräber und verbleichen über dem Gedenken an die Verblichenen.

»Weißt du, Fiedler und ich haben einen Plan«, sagt Lotte. Sie spricht ein wenig unsicher, in die Ferne. »Das geht dich auch was an.«

Bernie schreitet hügelab einher. Er trägt eine Bäckertüte in der Hand und eine Zeitung unter dem Arm. Schreitet entschlossen aus. Wozu? Da hat er uns auch schon entdeckt. Freudig korrigiert er seinen Kurs. »Na! Ihr zwei Buchteltauben.« Steht er vergnügt und zufrieden in unserem Blickfeld. »Euch darf man ja gar nicht aus den Augen lassen.« »Bernie!«, sagen wir. Blöderweise auch noch im Duett. Als säßen wir im Zwölfer und kommentierten einander die Welt. Lotte hör ich für sich murmeln: » Er meint Turtelwachteln, aber hat überhaupt keine Ahnung.«

»Tja, ich bin's«, stellt Bernie fest. Faltet seine Zeitung auf DIN-A3 Format und streicht sie auf dem Boden glatt. Nimmt die Zeitung noch einmal hoch und klaubt einen Kienappel aus dem Gras, den er zur Seite wirft. Dann fragt er: »Stör ich?« Ich seh zu Lotte hinüber. Die schüttelt den Kopf und guckt bekümmert. Das ist weniger als eine Einladung, befriedigt Bernie aber rundum. Der gibt jetzt eine ganz merkwürdige Vorstellung: er geht auf seiner Zeitung in die Knie. Kniet auf diesem papierenen Gebetsteppich und krempelt umsichtig eine große Tafel Butterkuchen gerade so weit aus der Tüte, dass er einen Biss hineinschlagen kann. Nun hält er diese Tüte hoch, und er muss sich recken, um den Kuchen Biss für Biss aus der Tüte zu zuzeln. So fällt ihm auch noch in den Mund, was an Krümeln herabbröckeln will. Mit ganz spitzen, empfindsamen Fingern hält er die Tüte. Gibt ihr Spannung, und damit dem Kuchenlaib Halt, dass er gehörig nachrutscht und doch nicht zur Erde fällt. Sein heiliger Appetit, die Konzentration auf dieses Stück Kuchen, die Vor- und Umsicht, die er ihm angedeihen lässt, haben etwas Anrührendes. Wir erleben die Apotheose des Butterkuchens, denke ich. Und beobachte den demütigen Bernie, der doch eigentlich das Kunststück vollbringt und hier im Park, das Gesicht himmelwärts gereckt, vor dem eigenen Wanst kniet.

Und als er die letzten Krumen in seinen offenen Mund geschüttelt hat, hält er inne, senkt die Arme mit der leeren Tüte, die er plötzlich vorwurfsvoll anblickt. »Ihr seid doch satt?«, fragt er, ein wenig misstrauisch. Dann setzt er sich mit dem Hintern auf die Zeitung, knüddelt die Tüte zusammen und lässt sie in seinen weiten Hosentaschen verschwinden.

»Es gibt sie wieder!«, fängt er einen anderen Schnack an. Lotte sitzt abgewandt, an einen Baumstamm gelehnt. Ich sehe Großonkel Gottlieb. Wie Don Quichotte: er reitet sein altes Rad und hat eine Harke wie eine Lanze eingelegt. Er will vorm Mittagsschlaf noch Tante Ännes Grab in Ordnung bringen. Ich hab von ihm geträumt, fällt mir ein. »Ich habe einen im Supermarkt gesehen«, hält Bernie stur Kurs und erwartet, dass wir endlich nachfragen. »Hast du heute Morgen schon ein Auto gekauft?«, frag ich was ganz anderes. »Ich habe mich informiert. Ich denke, wenn man eine Firma gründet, muss man sich über den Fuhrpark Gedanken machen.« Bernie ist ein wenig ungehalten.

Weil ich so querschieße. Und jetzt auch noch Lotte: »Ich hätte wirklich Hunger gehabt, Bernie. Hab mein Frühstücksbrot an einen mittellosen Kollegen verfüttert und den ganzen Tag nichts gehabt als zu viel Kaffee.« »Zu spät«, stellt Bernie zufrieden fest. Und klopft auf seine Hosentasche.

»Was hast du im Supermarkt gesehen, du schweifst dauernd ab«, ermahne ich Bernie, dem langsam schwindelt. »Ach so. Schuhputzer!«, sagt er. »Ich hab mir die Schuhe putzen lassen.« Und er dreht, an den ausgestreckten Beinen, die Füße in den blanken Schuhen unter der Sonne hin und her. »Ich hab sie mir wienern lassen. Gegen Tipp.« »Ist nicht wahr! – Ein-Euro-Jobber«, schlage ich vor. »Nee, nee«, sagt Bernie. »Selbstständige Unternehmer. Leute mit einer Geschäftsidee. Die bewegen sich.« Bernie ist voll väterlicher Sympathie. Auch wenn er von Größerem träumt: er fühlt sich artverwandt. »Bezeloh putzt seine Schuhe selbst«, sag ich. Und weil mich dieser kläglich großmäulige Aufbruchswahn deprimiert: »Bernie, Bernie, wo bleibt die Kultur? Geht den Bach runter.« »Oh, am Wochenende: große Gottschalk-Tage!« Lotte stöhnt auf. »Habt ihr das nicht mit gekriegt? Freiluftspektakel. Sponsoren ohne Ende. Kultur satt«, teilt Bernie, der doch eher vom Butterkuchen satt ist, im Tone eines Mannes vom Fach mit. »Das städtische Laienorchester studiert ein Oboenkonzert für den Obotritenfürsten ein!«, vervollständige ich Bernies Ankündigung enthusiastisch. »Davon habe ich nichts gehört«, winkt er ab. »Dabei sitzt du doch mit deinem Hintern mitten im 'Neuen aus aller Welt'!« Und dann fällt mir was ein: »Komm, Bernie, wir besorgen Lotte eine große Currywurst. Aus dem Wallimbiß. So lange darf sie ausruhen.«

»Ja, macht das«, raunzt Lotte von ganz weit weg. Sie hat sich ihre Tasche unter den Kopf geschoben und die Augen geschlossen. »Ich lass dir meine Tasche hier.

Pass gut drauf auf, Lotteluchs«, sag ich und denke: ich hab sie sicher verankert hier, in der weiten Parklandschaft, an unserer Bauminsel. Schwangere, hört man und Lotte im Besonderen, sind manchmal so sprunghaft.

Bernie im Schlepp, erklimme ich die Wallanlage. Oben ist er ganz schön aus der Puste. Er steht neben mir und jappst. Wir belohnen uns mit einem weiten, zweiten Blick. Auf halber Höhe liegt Lotte. Ganz gerade und irgendwie überdeutlich. Als schwebe sie, in einer geträumten Landschaft. Weiter unten, rechterhand, sehe ich Hans. Sitzt in seiner grauen Windjacke auf einem Campinghocker am Stadtsee, einem Teichrest des alten Stadtgrabens. Die Angel neben sich. Kauert da: die Ellbogen auf den Knien, den Kopf in den Händen. Siehste, denke ich und sorge mich, wo er die Kraft hernehmen soll für den Arbeitskampf.

Ich dreh mich zu Bernie um. »Kommst du voran?«, frage ich. Bernie sieht auf seine Hände und steckt sie dann entschlossen in seine Hosentaschen. Zur Kuchentüte. »Jetzt reden wir über komplizierte Zusammenhänge«, sagt er. Ich merke, dass er der Meinung ist, ich hätte keinerlei Ahnung von diesen Sachlagen. Auch so ein Ausdruck, den er gerne in komplizierten Zusammenhängen benützt. Und vielleicht hält er mich auch nicht für vertrauenswürdig genug, in die Mysterien seiner Geschäftsideen eingeweiht zu werden. Da schwingt Misstrauen mit, in seiner Auskunftsverweigerung.

»Habe mir Gewerbegrundstücke angesehen und werde wohl zunächst zwei Container aufstellen lassen. So Wohncontainer. Ein Büro und einen Konferenzraum.« Das wirft er mir so hin. Und an dem Letzteren soll ich mich gleich verschlucken. Aber ich setze nach:

»Bernie: was, was genau willst du eigentlich machen, in deinem Konferenzsaal?« Bernie holt die Hände aus den Taschen und bügelt in Hüfthöhe etwas unter den Teppich. »Da sprechen wir dann mal drüber«, sagt er abschließend. Wie der Vater zum noch nicht konfirmierten Sohn. Der Spinner: hat ein Bezelohporträt im geheimen Altareck hängen. Wetten?

Bernie ist mal in einem Hotel vergessen worden. Er hatte da irgendeine Zimmertelefonanlage zu bauen. Alle Zimmer zu verkabeln. Ich weiß es nicht so genau. Und Bernie und die weltweit operierende Firma, für die er arbeitete, die wussten es vielleicht damals auch schon nicht so genau, was sie eigentlich vorhatten. Das im Hotel jedenfalls war eine komplizierte Sachlage. Und es hat gedauert. Und irgendwann haben sie Bernie ganz und gar vergessen. Im Hotel. Über seiner Pusselei. Sein Geld kam weiter. Auch als er längst fertig war, nur hier und da noch was zu friemeln fand und seinen Tag rumbrachte, indem er sich vor den Hotelangestellten wichtig machte. Da hat er seine Wohnung gekündigt und ist im Hotel durch die unbelegten Zimmer nomadisiert. Die Zimmermädchen, sagt er, mochten ihn. Haben den Kuckuck fleißig gefüttert. Dem Hausmeister, fügt er hinzu, war er bald unersetzlich. »Hab einen Haufen Geld gemacht, die Jahre«, sagt Bernie, wenn er auf diese Episode in seinem Leben zurückblickt. »Hatte keine Miete zu zahlen. Hab vollen Lohn kassiert. Und für Spezialgeschichten hat der Hausmeister auch noch mal was locker machen können. Sogar Tipp hab ich ab und an bekommen. Und ich hatte ja reinweg null Ausgaben die Jahre. Hatte ja alles frei im Haus«, sagt Bernie, und zieht genau hier immer die Augenbrauen zu Spitzbögen hoch. Damit man den tollen Hecht gleich erkennt.

Tja, und dann sind sie in der Weltfirma dahinter gekommen. Dass er sich verpisst hatte, die ganze Zeit. Und wollten ihn feuern. »Aber nicht mit Bernie!«, sagt Bernie, hätte er denen gesagt. »Ich hatte mir nichts zuschulden kommen lassen. Die haben mich da nicht abgezogen.« Und an der Hausanlage hätte man noch weiter herumperfektionieren können. »Also!« Also wurde es noch richtig teuer für die Weltfirma, Bernie loszuwerden. Und jetzt steht er da, die Taschen: »Gestopft!", sagt Bernie. Und macht Bewegungen mit den Händen, dass man da nicht weiter drüber zu reden braucht. Das also ist der Sockel, auf dem Bernie heute steht: breitbeinig und mit vollen Taschen, steht er auf dem Postament dieses bräsigen Bubenstückes. Kassiert den Applaus ein, den er meint, dafür verdient zu haben, und wenn der dünner wird, kräht er und kündigt an, dass er demnächst von da oben zum freien Flug abheben wird.

Im Wall-Grill, am Tresen, knurrt Bernie dann schon wieder der Magen. Wir bestellen zwei Currywürste. Und als Bernie auf dem Tresenhocker sitzt und sich über seine Wurst hermacht, da sagt er, nachdem er sich die Backen so richtig gestopft hat, sagt er zu mir: »Ich hab gestern so einen Film gesehen. Also einen Tierfilm über echte Menschen ...« Und das hat Bernie schön gesagt. Ich weiß genau, was er meint. Und ich sag zum Wirt: »Packst du mir die Wurst ein, die ist für meine Kollegin.«

Schon stehe ich draußen, sehe noch einmal zurück, wie Bernie, mit breitem Rücken tief über den Teller gebeugt, wie ein Mensch in einem echten Tierfilm eben, der Currywurst keine Chance lässt. Und ich bin froh, Bernie, den ich nun auch erst einmal sicher verankert weiß, entkommen zu sein. Und eile mit sanftem Rückenwind zurück, Lotte die Currywurst zu überreichen, dass sich das schwangere Kind stärken kann, an der noch warmen Speise.

Sie ist eingenickt im linden Schatten. Ihre schönen Hände über dem sich wölbenden Bauch gefaltet. Ein Bild tiefen Friedens. Und Vertrauens. So ein Vertrauen, wie hier in Lottens Fall der Welt entgegengebracht, der man sich anvertraut, hat etwas Feierliches. Aber schon das kleine Vertrauen, einem Jemanden, unter Umständen noch ganz unerwartet geschenkt – wie man ja auch sagt – ist anrührend.

Ich war mal, für Bezeloh, an der Renovierung eines Werkstattgebäudes beteiligt. Da tauchten ein paar zerknautschte und von ihrer Arbeit stark geforderte Fenstermonteure auf. Die Fensterelemente, die sie zu montieren hatten, hatten Ausmaße, dass die zwei sich in einen wahren Kampf mit den Elementen verstrickt sahen. Erst recht, weil nichts passen wollte und dem ganzen Elend, wie sie sagten, ein Aufmaßfehler zugrunde lag.

Mit dem Älteren von ihnen stand ich auf eine Zigarette hinter dem Gebäude, als er mir eröffnete, dass die Arbeit von ihm eine doppelte Kraftanstrengung erfordere, weil er seine Beine in schweißtreibende Thrombosestrümpfe zu wickeln habe. Und dieser Mann ließ vor mir die Hosen herunter. Um mir sein Elend mit diesen Strümpfen anschaulich zu machen. In einer unwirklichen Szene, im aufkommenden Wind, stand dieser Mann in seiner armseligen Unterhose und mit weiß umwickelten, dünnen Beinchen vor mir. In gebeugter Haltung. Die Hose eben unter den Knien haltend und, komisch, aber ich fühlte mich beschenkt. Von einem wildfremden Mann mit einem ganz unverdienten Vertrauen so reich beschenkt, dass mir gar keine passenden Worte einfallen wollten. Dass ich, hätte ich etwas gesagt, in lächerlich feierliches Pathos verfallen wäre.

Ich wecke Lotte mit der Umsicht eines Arztes. Und sie freut sich über die Currywurst. Wie auch über die Tatsache, dass Bernie verloren gegangen ist. Sie setzt sich am Baumstamm auf und beginnt, mit Appetit und ,wie ich finde, mit umstandsloser Eleganz, zu essen. »Was ist das für ein Plan, von dir und Fiedler, der mich angehen könnte?«, knüpf ich an, an das Gespräch, das wir führten, als Bernie über uns hereinbrach.

Lotte lässt sich Zeit und blickt, ausführlich kauend, in die immer eindeutiger werdende frühsommerliche Parklandschaft.

»Also: Patenonkel, das werd ich nicht machen«, sag ich, ein bisschen beleidigt, wegen ihrem Langmut. Lotte verschluckt sich fast und lacht. »Keine Angst«, sagt sie, »auf die Idee wäre ich gar nicht gekommen.« Über kurz oder lang, denke ich, werde ich mich einer der großen Weltreligionen anschließen müssen: werde Ornithomane oder Angler werden müssen, damit man mich in diesen Kreisen für voll nimmt.

Glocken von Michaelis her läuten.

»Ist eine Beerdigung«, stellt Lotte fest, »um diese Zeit.« Und plötzlich sehe ich sie, oder plötzlich kriegen sie einen Sinn: Grüppchen schwarz Gekleideter und auch ein und ein anderer Vereinsrepräsentant in Paradeuniform. Einer von der Bläsergruppe, blinkendes Messing unter dem Arm. So huschen sie längs des Weges, der zwischen den Gruppen der großen Bäume mäandriert. Die stehen gelassen zusammen, schwenken leicht die Kronen, als wögen sie schon die Seele des Verstorbenen.

»Seltsam«, sag ich, »wenn man einen solchen Tag ganz unerwartet als Zuschauer erlebt.« Kaum ausgesprochen, ergreift mich bettlakenweiße Trauer. Lotte merkt das irgendwie. Sie wendet sich mir zu und entwickelt mir, wie zum Trost, ihren und Fiedlers Plan: Sie wüssten ja nicht, was kommt. Die Sache bei Electro-Tech wäre ja windig genug, und ob sie nach der »Mutterauszeit«, sagt sie, wieder anfangen könne und wolle, wisse sie nicht. Und Fiedler könne ja auch nicht sicher sein, ob Bezeloh noch lange Gefallen fände, am Hin und Her. Deshalb wäre Fiedler dabei, Bezeloh einen alten Lieferwagen aus dem Kreuz zu leiern. »So einen Verkaufswagen, mit Seitenklappe und Verkaufstresen«, sagt Lotte. »Und wir dachten, du könntest da mit einsteigen. Hast doch mal gesagt, das wäre ein Traum, in so einem Ding durch die Gegend zu schippern. Und die Leute ständen schon an der Straße und erwarteten dich, dass du nicht mal klingeln müsstest.«

Das hab ich genau so mal gesagt. Ich wollte auch unbedingt eine Klingel haben. So eine Glocke am Handgriff. Auf keinen Fall wollte ich Hupen müssen. Ich staune über Lotte. »Was habt ihr denn gedacht, womit schickt ihr mich los? Was soll ich verkaufen?«, frag ich. »Du könntest doch mit Büchern oder deinen Gedichten ...«, fängt Lotte an und knickt genau hier ein. »Ohwei«, sag ich, »eine Fiedler-Idee. So was kann doch nicht laufen. Du musst warme Brötchen oder wärmende Socken aus so einem Wagen heraus verkaufen, wenn die Leute auf dem Bürgersteig Schlange stehen sollen.« »Oder so«, sagt Lotte, die längst bereut, mir von ihrer famosen Idee erzählt zu haben. Hätte lieber alleine mit Fiedler weiter geträumt. Kleine Fluchten aus der Welt der Schwerkraft und der Brutpflege, denke ich. Und dann sag ich: »Ihr könnt doch eine große vogelkundliche Ausstellung: Eiersammlung, Schautafeln und über Lautsprecher: Zilpzalp Singsang, über Land schaukeln. Und gegen Eintrittsgeld ganze Sachkundeunterrichtsklassen aufklären, über das geheime Leben in der heimischen Hecke.«

Das war böse gesagt. Aber Lotte macht jetzt etwas, das mich beschämt. Und richtiggehend umkrempelt: sie beugt sich zu mir her und nimmt mich in den Arm. Über ihren Kopf hinweg sehe ich in der Ferne Hans. Er packt sein Angelgerät ein. Den Campinghocker unter dem Arm, verlässt er den Park. Richtung Stadt. Dann schließe ich die Augen. Weil mich Lotte auf den Mund küsst. Nicht den Filmkuss gibt sie mir, den ich schon manchmal erwog. Auch keinen Abschiedskuss, für ein letztes Bild in einem Kapitel des Fotoalbums.

Einen langen, und mir will scheinen, einen ein wenig geistesabwesenden Kuss küsst sie mir auf den Mund.

Lotte kramst vornübergebeugt in ihrer Tasche. Ihr langes, braunes Haar fällt zu beiden Seiten ihres Gesichtes hinab. Als hätte sie sich in ein Zelt zurückgezogen. »Wir haben noch Programm heute«, teilt sie mir von dort mit.

Der Extramoment von außerhalb der Normalzeit, die brav diesen Tag hinunterrinnt, der Extramoment, den der Empfang des geistesabwesenden Kusses dauerte, ist vorbei.

»Tja klar. Haben wir auch«, pflichte ich Lotte bei. Der Moment wirkt nach. Lotte und ich: wir sind uns so nah und so entglitten. Und ich bin voller Zuversicht und Friedfertigkeit. So erfüllt davon, dass es mich fast müde macht. Ich möchte eigentlich gar nicht aufbrechen von hier. Umständlich beginne ich, meine Jacke in meine Tasche zu stopfen.

Der Tag ist weiter geworden: klare Sicht nach hinten und vorne. In die Ferne auch. Und er ist süß. Wie ein heiliger Butterkuchen.

Wir werden uns langsam auf den Weg machen. Unter dem weiten Rund dieses Tages. Und heute Abend werden wir, ohne Eile, aber rechtzeitig, die Sitzung des Literaturzirkels Wunderhorn e. V. erreichen. Klar werde ich lesen. Für Lotte werde ich meine Gedichte vortragen.

Lotte steht schon, und unter wehmütigen Seufzern erhebe auch ich mich. Wir nehmen unsere Taschen und schlendern durch den Park. In diesen wieder ganz unverbrauchten Tag hinein. Parkbankbesitzer am Wegrand senken ihre Zeitungen und sehen uns nach. Sie sehen ein Paar, das miteinander übereingekommen ist.

Es ist früher Nachmittag. Die lärmenden Schulkinder sind zu Hause angekommen. Wo sie überm Mittagessen sitzen, wenn sie welches kriegen, und mäkeln.

Die, die jetzt unterwegs sind, haben es nicht eilig. Ausgenommen: Großonkel Gottlieb. Der scheppert auf Rosinante vorbei und hebt den Rechen zum Gruß. Er ist uns schon häufiger über den Weg gelaufen, heute. Aber wir begegnen ihm zum ersten Mal, an diesem Tag. Gottlieb hat keine Zeit. Der muss jetzt seinen Mittagsschlaf halten. Eiserne Regel bei Gottlieb: Mittagsschlaf.

Und auf dem Michaeliskirchhof wird ein Sarg in die dunkle Erde herabgelassen. Die Trauergemeinde kommt aus der finsteren Kapelle und reibt sich, mit Taschentüchern, die Augen in der Sonne. Sie hat das Leben wieder. Und der Tote ist schon weit. Ohne dass jemand sagen könnte: wohin. Die Lücke aber, die er gerissen hat, sie beginnt sich schon zu füllen.

Ich folge mit meinem Blick Gottlieb. Der quert, ohne anzuhalten, die große Straße, die längs des Wallparks verläuft. Waghalsig, mit sperrig eingelegter Lanze, nur so eben Herr über die alte Rosinante, die ihm an Sturheit in nichts nachsteht, fädelt er sich in den Verkehr ein.

Und plötzlich ist mir mein ganzer Traum gegenwärtig:

Ich bin unterwegs im lichten Birkenwald. Die Sonne fällt in flirrenden Strahlen durch das noch ganz junge, frische Laub. Es ist unwirklich hell und schattenlos zwischen weißen Birkenstämmen. Aus einiger Entfernung sehe ich eine kleine Bude, so ein altes Wochenendhaus aus Holz, mit einem Teerpappendach. Die Fensterläden sind geschlossen, aber die Tür steht weit offen. Oder sah ich mitten im Wald so ein ländliches Bushaltekabuff? Ohne Fenster und mit türlos gähnender Öffnung? Vor dem Häuschen jedenfalls, in weißen kurzärmeligen Kitteln oder Nachthemden, klein wie Kinder, erkenne ich Bezeloh und Großonkel Gottlieb. Es ist windig und kühl. Die weiße Frühjahrssonne wärmt kaum. Und die beiden, leicht bekleidet, wie sie sind, fuhrwerken mit gewaltigen Rechen im Wald herum.

Ich spreche sie launig an: »Hallo, ihr zwei, läutet ihr den Sommer ein?« Aber etwas an ihrem ganzen Auftreten finde ich beunruhigend. Sie halten inne. Auf ihre Harkenstiele gestützt, sehen sie mich streng an und sagen nichts. »Wie geht's euch?«, frage ich und nähere mich ihnen vorsichtig. »Wie soll's gehen?«, will Bezeloh wissen. Und Gottlieb antwortet auf die beiläufige Art, mit der er tragische Niederlagen auf seinen Buckel nimmt, als sei es die leichte Schulter: »Es läuft wie geschmiert, wie du siehst. Auch wenn ausgemacht ist, dass wir Feierabend machen, wenn wir hier fertig sind.« Und dann machen sie weiter, mit ihren Harken, auf dem Waldboden. »Geht rein!«, sage ich in großer Sorge. »Ihr holt euch den Tod«, sage ich und: »Ihr spinnt.«

Ich laufe ihnen hinterher. Will sie zusammendrängen und durch die offene Tür in das Kabuff scheuchen, wie man Hühner abends in ihren Stall treibt. Aber mit ihren schleppenden Schritten und unbeirrt weiterarbeitend, bewegen sie sich auseinander. Sie haben in diesem Waldstück Berge zusammengerakt, von Laub, Moder und altem Papier. Zwischen diesen Bergen und den Baumstämmen entkommen sie mir immer wieder. Ich hetze hin und her. Will dem einen den Weg verstellen, den anderen in eine andere Richtung drängen. Sie aber narren mich, ohne von ihrer Arbeit aufzusehen oder ihre Schritte zu beschleunigen. Es will mir nicht gelingen, sie ins Häuschen hinein zu kriegen. Ich bin in großer Sorge und unfähig zu helfen.

Wieder einmal stehen Lotte und ich an einer Bushaltestelle. Auf dem Bürgersteig, dem Park gegenüber. Vor villenartigen Bürgerhäusern aus der Gründerzeit. Dezente Schilder in den Vorgärten weisen sachlich auf Facharztpraxen und Anwaltskanzleien hin. Lotte bietet mir Schokolade an, die sie im Wallanlagen-Kiosk erstanden hat.

Wieder einmal warten Lotte und ich auf den Zwölfer. Der Zwölfer reicht uns, um in die Welt zu kommen. Ich weiß gar nicht, ob es die anderen elf Buslinien überhaupt gibt.

Mütter schieben Kinderwagen Richtung Park. Junge Frauen, die nicht unglücklich wirken. Ich sehe Lotte verschwörerisch an. Lotte aber zieht den Kopf zwischen die Schultern und grinst.

Plötzlich steht Hans da. Stellt sich schweigend zu uns. In der silbergrauen Uniform der freiwilligen Feuerwehr. Die Schirmmütze hält er in der Hand. »Na, Kollegen, alles im Griff?«, tut er ganz beiläufig. »Du bist in der Feuerwehr? Das hab ich nicht gewusst«, entfährt es mir. Ich trete einen Schritt zurück, ihn von Kopf bis Fuß in Augenschein zu nehmen. »Es gibt bestimmt noch viel mehr, was wir nicht voneinander wissen«, stellt Hans fest. Ich denke: Hans wird der Nächste sein, der mir im Traum begegnet. Der mir unverständlich bleiben und mich hilflos zurücklassen wird. Im Birkenwald. Wo sie auf mich warten. Diese Schemen.

»Ich weiß, dass du nicht einen Fisch an die Angel gekriegt hast, heute«, trumpf ich auf. »Aber Kollege, davon verstehst du nun im Ernst gar nichts. Sonst wüsstest du, dass es an manchen Tagen genau darum geht.« »Und«, frag ich furchtlos weiter, »wo geht's hin, in der Ausgehuniform?« »Eine Reisegruppe hat im Naturschutzpark ein Mitglied vermisst gemeldet. Wir rücken aus, Kollegen, einen verlorenen polnischen Physiker im Naturschutzpark wiederzufinden. Einen: polnischen! Physiker! Kollegen! Da ist alles möglich. In meinen Adern fließt ein Gutteil polnisches Blut. Es ist schwer und dunkel. Es gibt mir meine abgründigen Qualitäten. Im Falle unseres Verschwundenen wird von einer Suizidgefährdung gesprochen.«

Wie aus dem Off fährt jetzt der Mannschaftswagen der freiwilligen Feuerwehr vor. Tomatenrot. »Direkt aus dem Hauptquartier«, sagt Hans. Und mit einem Diener zu uns hin setzt Hans, Kollege Hans, seine Mütze auf und verschwindet, begrüßt von lautem Halli-hallo, in dem hochbordigen Fahrzeug.

Lotte blickt der Feuerwehr nach und sagt zu mir: »Die sitzen da drinnen auf so Sesseln die alle beschriftet sind. Fiedler hat sich mal so einen alten Feuerwehrbus angeguckt. Da gab's einen Sitz für den Angriffstruppführer, einen für den Löschtruppführer und einen anderen für den Schlauchtruppführer. Lauter führende Persönlichkeiten sitzen, sauber in ihre Sessel sortiert, in so einem knallroten Kastenwagen.«

»Dann muss der Electro-Tech-Schichtführer natürlich mit«, sage ich und überhöre Lottes Mäkelei an einer rundum nützlichen Institution, wie die freiwillige Feuerwehr sie darstellt. »So ein Physiker ist, glaube ich, jederzeit in der Lage, sich komplett zu verlaufen. Was einem totalen Verschwinden nahekommt.« Da habe ich Lotte eine Steilvorlage gegeben. »Die sind ja alle so schlau! Kennen sich aus, im unendlichen Raum und in der vierten Dimension. Aber dem Landrat Boltenhagen Wanderweg zu folgen, das glückt ihnen nicht.« »Zeit«, sage ich, »begreift die moderne Physik als gekrümmten Vektor.« Ich studiere auch gerne die Seite 'Neues aus der Wissenschaft' unseres lokalen Anzeigers. Ähnlich bizarre und lohnende Lektüre wie der Kreiskalender, muss ich sagen.

»Die stellen die Welt voll mit Worten und Zahlen, bis sie keine Aussicht auf nichts mehr haben«, wütet Lotte weiter gegen das Erbe der Aufklärung. »Lotte, weißt du, dass heute, jetzt im Moment, dreizehn Prozent der hiesigen erwachsenen Bevölkerung glauben, die Erde sei eine Scheibe?« »Falsch«, entgegnet Lotte, macht sich ganz lang und gerade und wippt noch auf die Zehenspitzen, »ganz falsch! Siebenundachtzig Prozent glauben, die Erde sei eine Kugel. Das können sie doch nur irgendwo aufgeschnappt haben. Auf dem Weg von hier über den Fluss, und meinetwegen an die Ostsee, erschließt sich dir das nicht zwangsläufig. Und genau diese Leute können Norden und Süden nur auf der Landkarte ausmachen. Und das auch nur, wenn sie richtig rum liegt.« »Lotte«, sag ich streng, »bleib mal ruhig. Das alles schließt einander doch nicht aus.« »Doch«, sagt Lotte. Und jetzt erlebe ich sie das erste Mal als Mutter: »Mir tut mein Kind jetzt schon leid. Was die alles lernen und lesen sollen. Die kommen doch gar nicht mehr vor die Tür, um was zu begreifen. Welcher Vogel wann und warum singt, oder wann und wo und wie der Mond aufgeht.« Das hat Lotte ruhig und entschlossen gesagt. Sie duldet, oder besser: es interessiert sie gar kein Widerspruch. Nimmt ihre Aktentasche auf, und der Zwölfer springt ihr bei.

Wieder sitzen wir auf der Bank hoch überm steilen Einstieg. Ganz vorne, fast auf Höhe des Busfahrers. Unsere Aktentaschen auf den Schenkeln. Ganz so, als kämen wir von einer frühen Schicht nach Hause. Schweigend. Lotte hat rausgehauen, was sie zu sagen hatte.

So ein bisschen bewundere ich Lotte und freue mich daran, wie sie unerschrocken so aufgebauschten Themenkomplexen und Sachlagen – in diesem Fall war das Thema ja: Physiker in Verfolg des Landrat Boltenhagen Wanderweges – einfach eine klare und entschiedene Meinung entgegenhält. Andererseits erscheint mir ihre eben geäußerte Meinung im Besonderen, aber auch überhaupt eine so entschiedene Meinung zu diesen komplizierten Dingen, nicht ganz korrekt. Ich glaube, einen gewissen Vorortsstumpfsinn und auch eine unzulässige Bücherverachtung in Lottes vehementen Äußerungen erkennen zu müssen. Ich sag aber lieber nichts dazu. Erst mal.

Als wir eine Haltestelle weiter sind, fällt mir die Kosmonautengeschichte ein. Grappengießerwall heißt die Haltestelle. Und die Geschichte: ein Angebot an Lotte, wie ich finde.

»Lotte, kennst du die Geschichte von den Kosmonauten in Deppenstedt?« »Nein«, sagt Lotte zum Fenster hin. Immer hat Lotte den Fensterplatz. Weiter fällt mir auch noch ein, dass wir jetzt ja ganz legal auf dieser Behindertenbank sitzen, die, auch und ganz ausdrücklich, Schwangeren zugedacht ist. Ich entspanne. »Schieß los«, sagt Lotte dann. Ihrerseits versöhnlich.

»Man glaubt sie kaum, aber es ist natürlich eine wahre Geschichte«, hole ich aus. Es ist eine meiner Lieblingsgeschichten. Soll mich wundern, wenn ich sie Lotte nicht schon mal aufgetischt hätte. Aber hier und in diesen Zusammenhängen bekommt sie doch einen ganz anderen Glanz.

Ich berichte Lotte, dass vor einigen Jahren, zu Zeiten Gorbatschows noch, ein Galerist unserer Stadt eine Ausstellung mit Science-Fiction-artiger Malerei veranstalten wollte. Und um das ganze aufzuwerten, hatte er Astro- sowie Kosmonauten zur Ausstellungseröffnung eingeladen. Ganz offiziell. Mit Schreiben an die NASA und nach Moskau. Allein die öffentlich gemachte Tatsache, dass solche Schreiben herausgegangen waren, sollte der geplanten Veranstaltung größeres Gewicht verleihen.

»Er hat nicht im Ernst erwartet, dass tatsächlich irgendwelche Weltraumfahrer erscheinen würden«, teile ich Lotte mit. Die hört mir zu. Schaut zwar raus, aber hört doch zu. Ich bin froh, dass zu dieser Stunde keine Bekannten unterwegs sind, die kommentiert werden müssten.

»Aber: es meldete sich Moskau, und man kündigte dem Galeristen an, man werde eine Delegation hochkarätiger Kosmonauten vorbeischicken.« Ich erkläre

Lotte, dass das unseren Galeristen in große Schwierigkeiten stürzte: diese verdienten und berühmten Weltraumschiffer, alles hochdekorierte Offiziere der Roten Armee, mussten gebührend empfangen werden. Man konnte sie doch schlecht in der Galerie, neben den Marsmännchenbildern, mit einem Glas Prosecco abspeisen. »Da waren Kapazitäten drunter: der Mann, der als Erster ein volles Jahr im All zugebracht hat. Er brauchte hinterher zwei Jahre, um das Laufen wieder zu lernen.«

»Siehste!«, unterbricht mich Lotte triumphierend, »das ist der Zustand der Menschheit: können in Raketen im großen, schwarzen Nichts herumflitzen, aber auf ihren zwei Beinen durch die bunte Welt zu stampfen verlernen sie.« Ich denke kurz an Lottes unegalen Gang.

»Lotte, das ist ein reines Muskelproblem. Nach einem Jahr in der Schwerelosigkeit. – Also, neben diesem Weltraumpionier, der gesundheitlich völlig wiederhergestellt war, bestand die Delegation aus weiteren, ebenso namhaften Helden der Weltraumfahrt. Ich denke, sie hatten auch den ersten Hund im All dabei, und natürlich: Gagarin.«

Lotte dreht sich abrupt um und zischt mich an: »Spinner! Gagarin war längst tot! Der hat in den sechziger Jahren sein Leben geopfert. Ist nicht mit dem Schleudersitz aus der brennenden Maschine, sondern hat sie noch einmal hochgezogen und über eine Siedlung hinweggebracht.« Lotte: mit ihren schönen Händen umfasst sie einen Steuerknüppel und reißt sich, ihre Aktentasche und mich auch noch, die gesamte Behindertenbank also, hoch und hinaus, über eine belebte, kinderreiche Vorstadtsiedlung. Und über der finsteren Steppe zergehen wir in einem Feuerball.

»Lotte«, sag ich, »das war knapp. Wo hast du das gelernt?« »Gagarin, kennt doch jeder. Und Sputnik«, sagt

Lotte. Ich habe lange geglaubt, Gagarin und Sputnik wären drollige Comicfiguren. Bin aber eines Besseren belehrt worden. Nicht erst von Lotte. »Also, Lotte, klar. Gagarin war nicht dabei. Aber eben Kosmonauten, fast von seinem Kaliber.« Nur komisch: Gagarin ist der einzige Kosmonautenname, der mir geläufig ist. »Vergiss das. Ich werde nicht im Ernst behaupten Gagarin wäre dabei gewesen.« Seltsam: manchmal, wenn ich, mild gestimmt oder sogar gerührt, in irgendeinem Zusammenhang an Lotte gedacht habe, hab ich so bei mir »Mein kleiner Gagarin« gedacht. So eine niedliche Ausgabe von Rasputin vielleicht. Mit einer gewissen Vogeligkeit unterlegt. Kein Wort von mir darüber, zu der heute über weite Strecken besonders rasputinesken Lotte.

Ich setze ihr auseinander, dass der Galerist ein Rahmenprogramm für den Kosmonautenbesuch organisieren musste. Empfang im Rathaus fiel ihm ein. Der Rat winkte ab. Mehrheitlich war man unsicher, glaubte, er wolle sie irgendwie für seine Zwecke aufs Glatteis führen und vor Publikum verulken. Die Ratsherren meinten, so einen Aktionskünstler in unserem Galeristen zu erkennen, der sie in einem Happening der Lächerlichkeit preisgeben wollte. »Und, weißt du, wer den Galeristen aus seiner Zwangslage gerettet hat?«, frage ich Lotte. »Sag schon.« »Bezeloh!« Bezeloh hatte zunächst nur den Bus-Chauffeur abgeben sollen. Als er aber mitbekam, dass es noch gar keine Zielkoordinaten für das Astronauten Hin und Her gab, da hat er die Sache in die Hand genommen. Daraus geworden ist: großer Bahnhof für die Kosmonauten, mit geladenen Gästen, Büffet und Wodka, in den Privaträumen des Bürgermeisters von Deppenstedt. Der war vor Jahren auch in Russland gewesen und sprach sogar ein paar Worte Russisch. Anschließend: Besuch des zufällig am gleichen Abend stattfindenden Balles der freiwilligen

Feuerwehr Deppenstedt. Am nächsten Tag dann das Galerieprogramm.

Das Ganze soll ein toller Erfolg gewesen sein. Deppenstedt sah: fröhliche Kosmonauten, ergriffen vom ehrenvollen, aber dennoch intimen und wenig förmlichen Empfang. Am Abend: ausdauernde und ausgelassene Kosmonauten auf der Tanzfläche. Und zur Ausstellungseröffnung mischten sich durch nachwirkenden Wodkagenuss entspannte Kosmonauten, mild und heiter gestimmt unter das Publikum.

»Und, Lotte, Bezeloh hat mir erzählt, auf der Busfahrt nach Deppenstedt hätten die Kosmonauten, wie gesagt alles Männer, die lange Zeit im Weltall zugebracht hatten, allesamt nur Augen für die Viehzäune längs des Weges gehabt sowie den Zustand der hiesigen Scheunendächer diskutiert. Bezeloh hat mir, nicht ohne ehrlicher Anerkennung für diese Männer Ausdruck zu verleihen, gesagt: das wären allesamt Bauern gewesen. Bauern, die man mit Raketen in den Weltraum geschossen hätte.« »Wie man sie ins All geschossen hat, kann ich mir vorstellen«, sagt Lotte, »aber nicht, wie sie hier gelandet sein sollen.« »Lotte, was das sagt ist doch: es geht zusammen. Das große Ganze, und der klare Blick auf das Kleine. Sie wissen, dass die Welt eine Kugel ist, und sind doch Bauern geblieben.« »Aber was sie von da oben gesehen haben«, sagt Lotte und sieht mich, der ich nach Beschluss der langen Erzählung zsammengesunken in der Busbank kauere, von oben herab selbstgewiss an, »diese blaue Erdkugel im tiefen Allschwarz, das glauben sie nicht. Nicht im Ernst. Sie wissen das. Aber trotzdem ist es für sie ein befremdlicher Traum.« Das sagt Lotte mit der ihr eigenen trotzigen letzten Gewissheit. Und ich lass es stehen. Als letzten Satz zu diesem Thema. Weil ich von Friedlichkeit erfüllt bin und der Tag, durch den wir im Zwölfer ziehen, weit ist. Auch wenn mir das Abenteuerliche an dem Vorhaben noch einmal klar wird, Lotte als Gastprotokollführerin im Literatenzirkel Wunderhorn e.V. einzuführen. Lotte, diese gesunde Verächterin des geschriebenen Wortes.

Ich schnappe mir meine Aktentasche und schenke uns den Thermoskannendeckel voll süßen Tee. Tatsächlich ist da wieder etwas wie ein mildes, aber unverbrüchliches Einverständnis zwischen uns.

Und der Zwölfer kriecht die lange, leicht ansteigende Gerade hoch. Trägt uns die seichte Höhe hinan. Aus der Stadt heraus, dass wir, ansteigend, hineinwachsen in diesen Tag, der jetzt ein sanftmütiger Sommernachmittag sein will.

»Guck dir die Liebespaare an«, sagt Lotte, mit dem Thermoskannendeckel die Richtung weisend, dass der heiße Tee schwappt, »spielen verrückt bei diesem Wetter.« »Die haben zu viel Werbung geguckt«, will ich im Vorbeifahren sagen. Aber dann sehe ich die, die Lotte meint: stehen da an der Straße und küssen sich. Küssen sich eine endlose Geschichte auf den Mund. Und ich sag: »So ein erster Tag, wie im Sommer einer, da ist die Welt plötzlich groß genug für ihre Liebe.« Und vorm »Golden Grill« wachsen die Marlboro-Schirme und die scheiß Bistrotische plötzlich auf den Bürgersteig. Und die Tür der Rosschlachterei, deren blinde Scheiben sonst den Argwohn nähren, es wäre etwas Unanständiges, was da über den Tresen geht, steht weit offen.

»Hoho«, macht Lotte plötzlich und zieht den Kopf ein, dass sie gar keinen Hals mehr hat, und ihre spitze Nase zwischen ihren Schultern hervorschnäbelt. »Die Dichter nennen ihren Club Wunderhorn, wirklich Wunderhorn?« und sie grinst auf die blöde Tour. »Klar«, sag ich. Ich kann ja nichts dafür. Und ich sehe Lotte an, wie eine Mutter ihr hoffnungslos albernes Kind. »Musst dir schon ein bisschen was einfallen lassen und so einem Verein einen klingenden Namen geben, wenn die Stadt, das Kulturamt, Gelder locker machen soll.«

Ein immer geschlossenes Geschäft für verschossene Gardinen. Die Spielothek, mit kleistergelben Scheiben, an denen rosige, Glücksklee kauende Schweinchen kleben geblieben sind. Und was es der öden Geschäfte mehr gibt, hier am ausgemachten Rand der Stadt.

Die erste Bushaltestelle mit einem Wartehäuschen aus Massivholz und einem Dach von falschen Schieferschindeln. Ein finsteres, wetterfestes Kabuff, das uns anzeigt: hier beginnt das platte Land. Bei so einem Wetter verirrt sich niemand dort hinein. Er würde ganz und gar aus der Entwicklung der Welt Richtung Sommer fallen.

»Raus!« Lotte drängelt mich aus der Busbank. Mit ihren zwei ganz ungleichen Beinen ist sie mir gleich ein paar ganz ungleiche Schritte voraus. Ich bleibe mitten auf der Straße stehen. In der einen Hand den Thermoskannendeckel, halb voll mit schwarzem Tee, in der anderen meine Tasche. Ich stehe noch da, als die Autos wieder Grün haben. Nehme mir die Zeit, euch nachdrücklich darauf hinzuweisen: dass hier, genau hier, gar nicht zu sprechen von jetzt und eben jetzt, ein nahezu idealer Punkt erreicht ist.

»Mensch! Komm!«, schreit Lotte vom Bürgersteig her. »Spiel hier nicht den Verkehrskasper. Die fahren dich über den Haufen. Mach mal einen Punkt.« Eben das habe ich getan. Ich reiße mich vom Asphalt los. Hinter mir fließt der Verkehr ab. Lotte klappt den Mund zu.

Auf ihrem Paar ungleicher Beine läuft sie vor mir her. Vor Ärger hat sie es eilig. Sie schwappt mir voraus. Ich weiß gar nicht, wie sie das hinkriegt, mit ihrer schlanken, eher langbeinigen Figur, so einen schwappenden Eindruck zu erwecken. Es liegt allein an unegalen Beinen. Denke ich. Den Stichweg hinein, längs der Zeilen dreigeschossiger Siedlungshäuser, schwappt die aufgekratzte Lotte. Einen Fuß im Magergras der Vorgärten, einen auf dem Schorf der Gehwegplatten. Jetzt ist sie schon unter dem lichten Laub der Mickerbirken. Zwischen dem kugeligen Buschzeugs. Und sie steht schon längst im dritten Stock, vor meiner Wohnungstür, als ich das Anzeigenblatt aus meinem sonst leeren Postkasten hole, kurz die Schlagzeilen überfliege und entscheide, es nicht sofort wegzuschmeißen. Erst jetzt beginne ich den Aufstieg und öffne Lotte die Tür.

Zu Hause.

Lotte schließt sich auf dem Klo ein. Ich lass die blauen Flammen des Gasherdes ihren Ringelreihen tanzen. Setze Kaffeewasser auf, öffne das Fenster, zweiundzwanzig c, gleich unter der Dachrinne, weit, dass sich der plötzliche Sommer ahnen lässt. Breite auf der blanken Tischplatte in meiner aufgeräumten Junggesellenküche die Zeitung aus und blättere, bis ich die Veranstaltungstipps finde. Da wird das interessierte Publikum hingewiesen auf: »Das monatliche Treffen des Literatenzirkels Wunderhorn e. V.. Wieder konnte die Gruppe einen interessanten Gastreferenten gewinnen.« Name, Vita und das spektakuläre Lebenswerk dieses Menschen werden dem interessierten Publikum detailliert aufgelistet. »Hinterher sind die Gruppenmitglieder, aber auch literarisch ambitionierte Gäste, eingeladen, eigene Texte vorzutragen.« Ort und Datum der Veranstaltung. Ich falte die Zeitung, dass die halbe Seite, auf der sich die kleine Nachricht findet, zuoberst liegt. Drum herum decke ich für Lotte und mich den Kaffeetisch. Und als Lotte erscheint stehen: geschnitten Brot, Butter, Honig und Marmelade auf dem Tisch.

Lotte nimmt zufrieden Platz. Ich schiebe ihr die Zeitung rüber und gieße Kaffee auf. Oh, dieser Duft des Feierabendkaffees in der Feierabendküche. Lotte raschelt mit der Zeitung. Dann referiert sie mir: »Ortolan stoppt Autobahn. Hast du das gelesen?« »Was ist ein Ortholan?«, frag ich. »Ist es ein Oberorthopäde, ein Kaplan der orthodoxen Kirche, oder gibt es das Wort nur wegen des Reimes?« »Du hast wirklich keine Ahnung«, stellt Lotte mitfühlend fest, »das ist ein ganz seltener Vogel. Auch Gersten-, Grauammer oder Strumpfweber genannt. Ein Bodennister. Legt vier bis sechs weißliche, violett bis braun gesprenkelte Eier. Der Gesang ist kurz und ein bisschen monoton. Dass es die hier wieder gibt! Die meisten haben die Italiener verspeist.« Die Italiener: die Lieblingsfeinde der Vogelfreunde. Ich habe noch nie von einer Pizza Ortolana gehört. Ich seufze. »Lotte, da könnt ihr Vogelexperten nichts für, aber das eigentlich Bedrückende ist doch, dass immer ein Wachtelkönig oder ein anderer gefiederter Sänger, zumeist noch das Exemplar einer Gattung, die sich durch unzulängliche oder ganz und gar fehlende Sangeskunst auszeichnet, her muss, um das Schlimmste zu verhindern. Dass Vernunft alleine scheinbar nie ausreicht.«

Ich gieße das zweite Mal Kaffee auf, und Lotte erhebt sich. Tritt ans Fenster. Reckt und streckt und beugt sich weit hinaus. Und dann ruft sie, über den Königsberger Stieg hinweg, in den ersten richtigen Sommernachmittag hinein ruft sie, wie glücklich sie alles mache: der immer kunstvolle Gesang der gefiederten Freunde, der die Welt feiere, wie sie eben sei, die Sonne und die Ruhe und Reinheit dieses Feierabends. Und nach einer kleinen Pause schickt sie, etwas leiser, hinterher: »Und das Baby, das kommen wird.«

Und sie erscheint mir wieder unangemessen. Wie ich ihren Schattenriss vor geöffnetem Fenster betrachte, erscheint sie mir unangemessen überdreht. Sie soll mich als Protokollführerin vertreten. Dieser Punkt ist mir nicht unwichtig. Ich führe seit mehreren Jahren lückenlos Protokoll der Wunderhorn-Sitzungen. Alle literarischen Texte, die dort zum Vortrag kamen, finden sich in den Jahrgangsaktenordnern wieder, die ich in meiner Wohnung verwahre. Einigen dieser Vorträge, die mir bedenkenswert schienen oder die mir besonders gefielen, konnte ich zu Hause noch zusätzlichen Schliff geben. Und auch manche der Debatten, die sich an polarisierenden Autorenlesungen entzündeten, habe ich zu Hause zu Ende geführt, wenn sie auf den Sitzungen wegen Zeitmangels in unbefriedigender Schwebe hängen geblieben waren. Das Protokollieren erschien mir oft befriedigender und wichtiger, als das eigene Dichten. Auch wenn nie ein Mitglied des Wunderhorn um Einsicht in die Akten gebeten hat: mir scheint ein Sinn in der Archivierung unserer literarischen Abende zu liegen, auch wenn er sich noch nicht offenbart. Vielleicht wird die Redaktion des Kreiskalenders einmal um Einsicht in die Protokolle betteln.

Und ich werde das Protokoll nicht Lottes Laune opfern. Auch wenn ich ihr schon einiges geopfert habe: vielleicht – auch wenn von Lotte so nie gefordert – meine Freundschaft zu Fiedler. Und alleine heute: meinen Glauben an Wissenschaft und Hochkultur, sowie mindestens zwei bis drei männliche Gestalten an unserem Weg und so ein bisschen selbst den Obotritenfürsten. Genau genommen weiß ich ja auch gar nicht, ob Lotte seit unseren gemeinsamen Schultagen überhaupt eine Zeile geschrieben hat. Pflegt sie doch mehr die orale Tradition der ollen Schote. »Kannst du überhaupt schreiben?«, frage ich sie.

Und sie setzt sich an den Tisch, nimmt die Kaffeetasse zur Hand und sieht mich an, dass ich begreife: hier hört der Spaß auf. Und im Gegensatz zu mir weiß auch ein gefiederter Freund und alter Spaßvogel, weiß jede Spottdrossel, wo Anstand und Moral aufhören und es einfach fies wird. »Schon gut, schon gut«, sag ich leise. Fast ist es ein Betteln.

Und: es wird noch gut. Wir trinken frischen Kaffee. »Lotte, gieß die Thermoskannenplörre weg, wenn du sie von der Arbeit wieder mit nach Haus' bringst. Gieß sie weg für eine Tasse gerade aufgebrühten Kaffees«, sag ich. Und Lotte gibt mir Recht. Wir essen dick geschnittene Scheiben recht frischen Brotes. Dick bestrichen mit Butter und Honig. So wurde die Kaffeehalbestunde jeden Tag bei meinen Großeltern gehalten. Der Großvater kam aus der Werkstatt, in der die Gesellen ihre Stullen auspackten, über den ungepflasterten Hof in die Küche. Immer brummte eine dicke Fliege um den Honigtopf. Als Kind war ich sicher, es wäre immer dieselbe Fliege gewesen. Manchmal kam Großonkel Gottlieb von nebenan herüber, um die Zeitung von gestern abzuholen. Oft blieb er ein wenig sitzen, auf ein Schwätzchen, aber immer abseits vom Tisch. Nie trank er einen Kaffee mit. Immer hatte er schon und strich sich zufrieden den Bauch. Und der Zuckertopf war schmutzig weiß und mehrfach geklebt. Ein bauchiges Ding, mit segelohrgroßen Henkeln auf beiden Seiten. Als Erbstück sollte er später in meinen Hausstand gelangen, und eine lange Ära lang hatte er den Beinahmen:

der Genscher. Lotte kennt ihn auch noch unter diesem Namen.

Wir sitzen an der kleinen Tafel, reichen uns die Lebensmittel zu und streiten nicht. Und keiner doziert dem anderen. Und es liegt das kleine Glück über der Tischplatte. Durch das geöffnete Fenster dringt noch schüchtern, aber schon eindeutig, der warme Erdgeruch des Sommers herein. Mit einem Hauch Asphaltausdünstung gewürzt. Lotte blättert noch einmal in dem Anzeigenblatt herum. Dann erklärt sie mir, weil ich sie interessiert gefragt habe, die Bedeutung des seltenen Vogels Ortolan. Und ich lausche auf das Ticken der Küchenuhr. Auch ein Erbstück aus der großelterlichen Küche. Für mich ein Muss: das Ticken der Küchenuhr in der Küche, wenn sie randvoll mit dem kleinen Küchenglück ist. Denn erst dieses Ticken gibt der Stille des kleinen Glücks etwas wie eine Körperlichkeit.

Ich finde meine Feierabendzigaretten auf dem Küchenradio, setze mich auf die Fensterbank und rauche, auch aus Rücksicht auf die Schwangere, hinaus, in die weite, schwebende Welt.

Bezelohs Pritschentransporter erscheint. Bezeloh hatte einen bunten Tag: er hat das Fahrzeug gewechselt. Lotte hat gar keinen Fensterplatz. Jetzt fehlt mir ihr Kommentar. Denn was ich sehe, verschlägt mir die Kommentatorenstimme. Bezeloh hat den Pritschenwagen neben Fiedlers grauem Passat geparkt. Er steigt aus. Steht noch eine Weile, ins Fahrzeug gebeugt, an der geöffneten Tür, und sucht seine Zettel zusammen. Hängt sich seinen Parka über den Arm. Wirft, mit Effet, die Tür zu. Schließt ab und stapft ins Treppenhaus, Königsberger Stieg Dreiundzwanzig c. Auf der Pritsche aber zittert noch, obwohl vertäut, als sei sie der Hauptmast eines Segelschiffs, allein vom forschen Zuwerfen der Fahrertür her, eine bestimmt vier Meter hohe, kupfergrüne Figur. Einen behelmten, wobei man sich den Helm geflügelt denken muss, bärtigen Krieger vorstellend. Auf sein Langschwert gestützt, starrt er herausfordernd vom Pritschenwagen in den Königsberger Stieg. Genauer: stolz erhobenen Hauptes glotzt er unverschämt in mein Mansardenfenster. Eine billige Replik des Hermanndenkmals, denke ich und: wer stellt sich so was in den Garten?

Als die Figur aufhört zu zittern und ich mich so weit erholt habe, dass ich Lotte auf den Fall aufmerksam machen könnte, klingelt es. Ich öffne. Fiedler steht vor der Tür. Fiedler, der doch eigentlich unterwegs sein wollte, ins Cloppenburgische, und mir diese Tage seinen Passat überlassen hat. »Hallo«, sagt Fiedler im Vorbeigehen. Er ist gleich in der Küche und nimmt Lotte in den Arm.

»Hast du es ihm schon gesagt?«, höre ich ihn fragen. Und ich, im Küchentürrahmen, denke: so kann man daneben stehen. Auch, und erst recht, wenn man eingeweiht ist. »Herzlichen Glückwunsch«, schmettere ich zu Fiedler rüber. Und stecke die Hände in die Hosentaschen. Fiedler reibt seine vergnügt. »Ich bin richtig froh, dass ich jetzt drüber reden darf«, sagt er, und: »deshalb fahr ich auch runter, meine Eltern sollen es jetzt auch wissen.« »Werden Oma und Opa. Ist ja schön«, sage ich. Fiedler entlässt Lotte aus seiner Umarmung und schlägt mir, dem alten Kumpel, vor die Brust. »Ihr habt mich ja heute gehörig in den Schlammassel gerissen. Bezeloh hat mich an Electro-Tech ausgeliehen, weil ihr die da sitzen lassen habt. Dafür musst du mich jetzt zum Zug fahren.« Fiedler sieht mir prüfend in die Augen und erklärt: » Eigentlich wollte Bezeloh mich ja am Bahnhof absetzen, aber so haben wir uns schon heute Vormittag getrennt.«

»Dann hast du damit gar nichts zu tun«, stelle ich fest. Ich weise auf das wilhelminische Ungetüm auf dem Pritschenwagen hin. Fiedler schüttelt den Kopf. Dann lacht er. »Das Ding ist federleicht. Der ganze Held: aus Quietschgummi. Den hat der Alte allein geschultert.« »Was soll das?«, frag ich Fiedler streng. »Bezeloh hat die Statuette aus dem Freizeitpark Vispingen. Leiht die Stadt sich aus, für die Gottschalktage«, gibt Fiedler unschuldig Auskunft. »Hör mal«, empöre ich mich, »die Statue aus Vispingen ist eine Darstellung Widukinds, des aufständischen Sachsen. Das ist doch ganz und gar nicht Gottschalk der Obotritenfürst.« »Na ja«, sagt Fiedler und lacht, weil er sich oder mich in meiner Aufregung witzig findet, »sieht ihm aber doch unbedingt ähnlich.«

Ich trete ans Fenster und verschränke die Arme vor der Brust. Sehe auf diesen sperrigen Sachsenhäuptling in Kaugummiautomatenästhetik. Finde ich extrem leichtfertig: den Umgang mit dieser fragwürdigen Statuette, wie Fiedler sagt. Erst nach einer ganzen Weile, als die hinter meinem Rücken wieder das Geraunze und Geturtel anfangen, sag ich, zum Fenster hinaus: »Da können die auch den Bismarck von Hamburg-Landungsbrücken nach Neuwerk verschippern, ihm eine Fackel unter den Arm klemmen und ihn als Freiheitsstatue ausgeben. Wenn alles so egal ist. In Freizeitpark-Land.« Ich werfe es Fiedler vor, als sei es seine Schuld, dass es so weit kommen konnte. Lotte lacht. Mein Ärger scheint sie zu amüsieren. Ich beruhige mich ja auch schon.

»Aber dass Bezeloh so einen Scheiß mitmacht.« »Der muss auch mit der Zeit gehen, der alte Bezeloh«, sagt Fiedler mit dem Phlegma der Zeitgemäßen, »sonst kann der seinen Laden dichtmachen.« Fiedler hat ja keine Ahnung. Zum Beispiel davon, dass Bezeloh als Zeitloch zu denken ist. Widersinnig zu meinen, Bezeloh wäre einer, der mit der Zeit gehen müsste. Bezeloh ist ein Loch im Strom der Zeit. Sicher. Ein Loch, das nicht einmal mitfließt, in der dahinrinnenden Zeit.

»Wann müssen wir los, zum Bahnhof?«, frag ich Fiedler. Und das kommt noch unhöflicher rüber, als ich wollte. »Könnt ihr zwei euch nicht mal wieder normal miteinander benehmen?«, fragt Lotte, ehrlich traurig. Und ich weiß: sie meint mich in erster Linie. Fiedler weiß ja selbst nicht, wie ihm geschieht. Seit diesem Zwetschentag zahl ich ihm seinen grandios bekloppten Auftritt in Lottes Kate heim. Die beiden sind längst ein Paar, und ich schikanier ihn immer noch. Gönn ihm nicht die Butter aufs Brot. »Hast du denn noch Zeit, auf einen Kaffee? Ist fertig«, lade ich ihn zum Bleiben ein. Fiedler sieht zur Küchenuhr. »Ein Kaffee ist noch drin«, entscheidet er, »aber in zehn Minuten müssen wir ernsthaft los.«

Fiedler kriegt seine Tasse und auch noch ein Honigbrot. Er lässt sich von uns über den tumultuarischen Morgen bei Electro-Tech aufklären. Lotte fragt: »Weißt du, wie es für uns weitergeht, auf der Arbeit?« Fiedler legt das angebissene Brot zurück aufs Brettchen, leckt sich den Honig vom Daumen und meint: mit ihm hätte da keiner geredet. Bezeloh, dem hätten sie, aufgeregt und mit großer Geste, alles erzählt. Der hätte lange und kopfschüttelnd mit der Firmenleitung auf der Geschäftsführerkanzel gestanden. Ihn, Fiedler, hätten sie gleich ins Lager geschickt. »Aber ich habe mich da überhaupt nicht zurechtgefunden«, sagt er. Das hab ich natürlich gar nicht anders erwartet. Und für einen Moment macht Fiedler noch mal den unglücklich verwirrten Eindruck, den er auf der Arbeit so oft hinterlässt. Das Nötigste, sagt er, hätten sie erledigt. Sogar Engelhardt sei herabgestiegen und tätig geworden. »Juhu!«, ruf ich aus. »Ich hab ihnen jedenfalls gesagt«, fährt Fiedler fort, »ich hätte morgen einen freien Tag und eine Zugfahrkarte in der Tasche. Ich denk mal, die hoffen, dass ihr wiederkommt. Und weil es da einen Haufen aufzuarbeiten gibt, werden sie euch wohl noch ordentlich Leiharbeiter zur Seite stellen. Denk ich.« Denkt Fiedler. Jetzt wieder ganz klar und sachlich. Und seine Hand wandert über den Tisch, zu Lottens schöner Hand, die neben ihrer Tasse ruht. Lotte atmet regelrecht auf, und drückt seine Hand, als hätte er, Fiedler, alles wieder eingerenkt. Dann sagt sie: »Tut mir leid, aber ich komm nicht mit zum Bahnhof, ich bin müde und ruhe mich noch ein bisschen aus. Muss ja schwer ausgeschlafen sein, als Protokollschreiberin, heute Abend.« »Hab ich nicht erwartet, dass du mitkommst«, sagt Fiedler, und lässt ihre Hand frei. Lotte schnappt sich das Wochenblatt und blättert darin herum. Fiedler fragt mich, ob Lotte mir von ihrer Verkaufswagen-Idee erzählt hätte. Meinen ganzen Tag mit Lotte haben die beiden vorher bis ins Detail abgesprochen, denke ich. »Ich bin müde«, sagt Fiedler, »was die Fahrerei mit Bezeloh angeht. Der schubst mich rum, der Alte. Wie er mich heute einfach bei Electro-Tech abgeladen hat. Das gefällt mir nicht.«

Fiedler klingt tatsächlich müde, aber auch entschlossen, die Dinge zu ändern. Bevor ich was anderes sage, frag ich: »Weiß er es schon?«, und verkneif mir gerade noch: dass er Opa wird? »Wieso?«, fragt Fiedler. »Vielleicht ständest du dann anders da. Vor ihm.«

Fiedler nimmt den letzten Schluck Kaffee und zuckt, zurückgelehnt im Stuhl, den leeren Kaffeebecher in beiden Händen vorm Bauch, mit den Schultern. »Hast wohl keine Lust«, stellt er fest. »Ich denk mal drüber nach«, sage ich. Lotte guckt über die Zeitung weg zu Fiedler und klärt ihn auf: »Er will sein Geld als Dichterfürst verdienen. Wird jedes Gottschalkgedenkjahr eine Obotritenfürstenhymne schreiben. Hoch bezahlt von den Sponsoren. Er wird sie dem Publikum selbst, mit gewölbter Brust unter dem Quietschgummihelden stehend, vortragen.«

Und als ich mir die Schuhe anzieh, lacht Lotte am

Tisch und ruft mich zurück in die Küche. »Meine berufliche Zukunft ist gesichert«, sagt sie und zeigt uns eine großartig gestaltete Stellenanzeige:

»Chefsekretärin, auch mit kommunikativen Fähigkeiten, für den Empfang gesucht.«

»Bernie«, sagt Lotte, »startet durch.« »Es ist wohl einsam in seinem Konferenzcontainer«, mutmaße ich, und Fiedler, ganz einig mit uns, fügt hinzu: »Die Ärmste, die darauf hereinfällt.«

Dann stehe ich vor der Tür und warte, dass sie mit ihrem Abschiednehmen zu Potte kommen. Als ich die Tür hinter Fiedler schließe, bin ich froh über die sicher in meiner Wohnung verwahrte Lotte.

Draußen, vor Fiedlers Passat, halte ich ihm die Autoschlüssel vor den Bauch. »Fahr du.«

Fiedler schmeißt seine Reisetasche auf den Rücksitz. Und während ich, die Hand am Griff der Beifahrertür, warte, dass er mir öffnet, stehen die beiden da und schauen hoch, zum dritten Stock, Königsberger Stieg, Zweiundzwanzig c, wo im Fenster, gleich unter der Regenrinne, Lotte steht. Der hochmütige grüne Hermann und der ein letztes Mal winkende Fiedler.

Fiedler sitzt in seinem Passat. Auf dem Fahrersitz. Hat den Schlüssel ins Zündschloss gesteckt und verharrt noch einen Moment.

Ich, auf dem Beifahrersitz, fühle mich nicht sonderlich wohl. Mit diesem alten Freund, den ich mir, aus mir selbst nicht recht begreiflichen Gründen, habe entgleiten lassen. Fiedler startet den Wagen und setzt zurück.

»Gehst du am Sonntag in die Kirche?«, frage ich. Halb aus Bosheit, halb aus Interesse. Fiedler ist ein Mann aus dem Cloppenburgischen, einer katholischen Enklave. Wo die Katholiken, mit dem Rücken zur Wand, katholisch beseelt sind. Und er hat mir immer vorgeschwärmt von ihrem Pfarrer. »Wir haben noch einen Pfarrer, stark im Glauben«, hat Fiedler erzählt. »Einen, der uns richtig runtermacht, jeden Sonntag. Einen, der uns das ganze Gewicht der Erbsünde vorstellt und unseren Anteil daran nicht herunterspielt. Das Beste, was du tun kannst: sonntagvormittags, zum Ausnüchtern, in die Messe gehen.« Der Pfarrer wird ihn jedenfalls nicht ohne Weiteres mit einer Evangelischen verehelichen, denke ich. »Hör auf«, sagt Fiedler, »Das war ein Spaß. So ein zweifelhaftes Vergnügen tu ich mir nicht mehr an. Ist doch alles gar nicht so wichtig.« Aufgeräumt, der Fiedler, ganz ohne Gardinenpredigten: auf seinem Weg.

Fiedler hat sich schon eingefädelt. Schnürt die Einfallstraße hinab, Richtung Stadt. Plötzlich wird mir bewusst: Fiedler sitzt hinterm Steuer des Passats und raucht nicht. »Rauchst du nicht mehr?« »Doch, aber nicht nach Feierabend«, sagt Fiedler. Oha, denke ich, so schwanger ist der schon.

»Freust dich gar nicht so richtig für uns«, stellt Fiedler, stur den Verkehr beobachtend, fest. »Klar«, sag ich. »Ändert sich natürlich alles, dramatisch. Für euch zuallererst«, fasel ich herum. »Wir freuen uns trotzdem«, sagt Fiedler. Fiedler weist auf Bernie hin, der erneut einen Angriff auf das flaggenumwehte Autohaus unternimmt. »Zu spät«, sagt er. »Haben wir schon gehabt, heute«, winke ich ab. Wieder Fiedlers geduldiges Nicken. Überlegenheit.

Fiedler steuert seinen Passat auf eine umsichtige Art, die ganz neu an ihm ist. Wie er sich einfädelt. Das Blinken nie vergisst. Wie er durch den Stadtverkehr gleitet: ein Souverän am Steuer des Passats. Und man vergisst, wie schäbig die Kiste ist. Ein fast seriöser Verkehrsteilnehmer. Der werdende Vater in seiner Familienkutsche. Der gewordene Fiedler: ein Mann, der Verantwortung übernommen hat. Sich seiner Aufgabe und Rolle stellt. Fiedler: ein Familienkutscher.

Wir stehen vor einer roten Ampel. Fiedler, beide Hände am Lenkrad, blickt geradeaus. »Wenn du dir die Messe schenkst, bleibst du trotzdem übers Wochenende?«, frage ich. Fiedler nickt. »Sonntagabend. Sonntagabend bin ich wieder hier.« Ein Zeitungsverkäufer wieselt durch die Schlange wartender Autos. Fiedler winkt ihn heran, kauft durchs Autofenster ein Skandalblatt und wirft es mir auf den Schoß. »Für die Zugfahrt«, sagt er.

Matt sitze ich auf dem Beifahrersitz. Die Zeitung im Schoß. Plötzlich schwer von Müdigkeit. Freunde, denkt es in mir. Manchmal gibt es ein Entgleiten. Man sieht sich um, blickt zurück, schon ganz unscharf stehen sie da. Weit weg. Ein andermal taucht einer vor einem auf, und plötzlich sieht man ganz klar: der ist die ganze Zeit ein Freund gewesen.

Es gab mal eine Zeit, da bin ich jeden Tag mit dem Fahrrad zur Arbeit in die Vororte gefahren. Und abends im Dunklen zurück, die seichte Steigung hinauf, Richtung Stadt. Ohne Licht. Und jeden Abend, fast an derselben Stelle, da wo eben hinter Reppenstedt der Fahrradweg von der Straße abschwenkt, weil da noch ein Restgrüppchen der alten Chausseebäume steht, kam mir ein Radfahrer entgegen. Auch unbeleuchtet. Aber immer gelang es uns, achtsam, fast respektvoll, einander zu passieren. Ein »Guten Abend« war uns akustisches Signal, einander im Dunkel zu orten und zu beruhigen.

Und einen Tag im Winter, ich nahm längs der Straße einen elektrischen Viehzaun auf, weil die Weide leer gefressen unterm matschigen Schnee lag, hielt ein junger Mann sein Fahrrad am Rande der Weide. Er sah eine Weile zu mir herüber und winkte mich heran. Zögernd stapfte ich in meinen Gummistiefeln durch den Schneematsch zu ihm hin, Lehmfladen auf den ausgebeulten Knien meiner Hose pappend. Als ich ihn erreichte, streckte er lächelnd seine Hand aus. Und, indem wir uns die Hand schüttelten, sagte er: »Auf Wiedersehen, ich fahre nach Hause, nach Polen, und feiere Weihnachten.« »Na, dann ein schönes Fest«, sagte ich. Er schlug mir mit der freien Hand auf die Schulter und lachte vor Freude, dass es so war. Dann fuhr er winkend ab, Richtung Vororte. Ich sah ihm nach und winkte auch. Mir wurde klar: dass sich ein Freund verabschiedete, den ich vorher nie gesehen hatte. Und dass ich jetzt im Dunklen nach Hause radeln könnte, ohne einen Gedanken an die Komplikationen des Gegenverkehrs verschwenden zu müssen, aber auch ohne Aussicht auf die kleine Freude der allabendlichen Begegnung.

Ich sehe Fiedler von der Seite an. Er blickt steinern geradeaus. Der hektische Verkehr auf dem Sand, wo jetzt alles kulminiert, verkehrstechnisch, erfordert wirklich seine Aufmerksamkeit. Seine kühne Entschlossenheit: spielt er mir das vor, weil ich ihm so abschätzig gekommen bin in letzter Zeit? Ist das die

Rolle, in die er schlüpfen muss, weil Lotte sich zurzeit die Freiheit zu zaudern und zu hadern nimmt? Oder ist er wirklich so gewachsen und plötzlich berufen?

Während der Arbeit war Fiedler immer so ganz anders. Verschlafen und ein bisschen tranig. So wie heute Morgen, in Bezelohs Transporter, auf dem Beifahrersitz. Feierabend war Fiedlers Sache. Feierabends war er ein Chaot. Aber einer, der eher das Chaos genoss, als einer, der es aktiv herbeiführte. Interessiert an und zufrieden mit zufälligen Kleinigkeiten. Ein paar Flaschen Bier, und er dämmerte zufrieden vor sich hin. Manchmal von einem inneren Lachen lautlos geschüttelt. Und am nächsten Tag, sofern es kein Arbeitstag war, lief er, am frühen Nachmittag erst, mit einer Sonnenbrille vor den Augen herum und teilte einem mit der Inbrunst des wahren Genießers mit: »Mann ich hab so einen schönen Kater.« Fiedler war in sich so, vielleicht cloppenburgisch-katholisch, gefestigt, dass er auch einen Kreislaufkollaps als ganz eindrücklich herausragendes Erlebnis schildern und genießen konnte. Dieser Kreislaufkollaps hatte ihn ereilt, nachdem er, im wahrsten Sinne des Wortes, zu Boden geredet worden war. Fiedler und ich waren von Bezeloh zu hausmeisterlichen Tätigkeiten im Danziger Weg, einer Parallelstraße zum

Königsberger Stieg, abgeordnet worden. In dieser Parallelwelt regierte ein Alt- und Vertrauensmieter, Herr Kowanski, der, wenn er nicht im Krankenhaus lag, sich gern zum Oberhausmeister aufschwang, uns vor Ort einwies und uns Arbeiten auftrug, die Bezeloh gar nicht vorgesehen hatte. Diesen besonderen Tag war Herr Kowanski frisch aus dem Krankenhaus entlassen. Haarklein erzählte er uns nun von den blutigen, eitrigen und brandigen Tagen, die er dort verbracht hatte. Er selbst: in der Schlacht. Der eigene Leib: das Schlachtfeld. Er tritt dicht an uns heran. Spricht leise und vertraulich. Aber im Blutrausch, da wird er wieder laut.

Ich kenne ihn. Höre nie so genau hin. Weiß genau: wann ich entsetzt zu gucken, wann ich zu nicken habe. Aber für Fiedler war das neu. Fiedler wurde immer blasser. Und auf ihn drang dieser Grobian nun ein. Mit Vehemenz. Fiedler wich zurück, bis er mit dem Rücken am grauen Passat lehnte. Mit vorgebeugtem Kopf sprach Kowanski auf ihn ein. Fiedler schloss die Augen, und ich sah ihn langsam an seinem grauen Passat herabsacken. Fiedler lag reglos auf der Erde. Ich breitete meine Jacke auf dem Pflaster aus, bettete seinen Kopf darauf und hob seine Beine an. Fiedlers Schuhsohlen vor Augen, musste ich den Wüstling bremsen, der, über ihn gebeugt, weiter mit seinen ungeheuerlichen Schilderungen auf Fiedler eindringen wollte. Der doch längst zu Boden gegangen, ausgezählt war.

Später, als wir im Auto saßen, ich musste den maladen Fiedler kutschieren, und ich ihm eine Tafel Schokolade spendiert hatte, da sagte er, noch schwach, aber wie beseelt: »Mannomann, so einen kompletten, so einen geilen Kreislaufzusammenbruch hatte ich noch nie.«

»Über diese Geschichte mit dem Verkaufswagen, Fiedler, da reden wir noch mal drüber.« Fiedlers ernstes Nicken, ohne herüberzublicken. »Und beim Kate-Renovieren: wenn ich Zeit hab, bin ich dabei.«

Der berufene, der zielstrebige Fiedler hat uns vor das Bahnhofsgebäude chauffiert und eingeparkt. »Wird Zeit«, sagt er. Gibt sich einen Ruck und öffnet die Fahrertür. Durch das Seitenfenster beobachte ich eine Frau, die ich aus dem Literatenclub kenne. Sie hat einen Mann im Schlepp, der ihr aufgeregt folgt. Hektisch schließt er immer wieder zu ihr auf, bleibt stehen und redet, aufgebracht mit seiner freien Hand gestikulierend, hinter ihr her. Sie nimmt davon keine Notiz, geht weiter, ohne sich umzuwenden, und hat schon wieder einen ziemlichen Vorsprung für sich herausgeholt, sodass der seltsame Vogel zu einem weiteren Zwischenspurt genötigt ist. Dabei hat er schwer an einer dickbauchigen Aktentasche zu schleppen. Vielleicht hört sie ihn gar nicht. Irgendwo habe ich auch ihn schon gesehen. Er trägt einen deppenhaften Freizeithut. Und sein Anzug ist sonderbar, erscheint silbrig durchwirkt. Das, denke ich, muss der Gastreferent des heutigen literarischen Abends sein.

Fiedler öffnet die hintere Tür und zieht seine Reisetasche von der Rückbank. Ich steige aus, und gemeinsam schlendern wir Richtung Bahnhofsportal. Vor dem Eingang bleibt Fiedler stehen und wendet sich mir zu: »Brauchst nicht auf den Bahnsteig mitzukommen. Fahr man zu Lotte zurück.« »Tja«, sag ich, »alles Gute. Und pass auf Lotte auf.« Tatsächlich schütteln wir uns die Hand. Es ist die Hand, in der mir Fiedler den Autoschlüssel vor den Bauch hält. Und als ich schon Richtung Passat unterwegs bin, höre ich Fiedler. »Das wollte ich eigentlich dir gesagt haben«, ruft er mir nach. Ohne mich umzudrehen, stoße ich den rechten Arm in die Luft.

Eine Weile bleibe ich im Passat sitzen und sehe mir das Gewimmel auf dem Bahnhofsvorplatz an. Autos, Taxen, Busse, alles bewegt sich hier auf einer Tangente, die den Bahnhof streift. Wie auf einem Förderband, dessen Geschwindigkeit sich hier am Bahnhof verringert. Menschen in ganz unterschiedlichen Stadien von Eile laufen den breiten gepflasterten Bürgersteig hin und her, tragen oder ziehen Koffer und Taschen. Andere finden einander und vergessen während einer aufgeregten Begrüßung, dass sie noch nicht am Ziel sind.

Ich werfe Fiedlers Lektüre für die Zugfahrt auf die Rückbank. Dann sehe ich einen, der auf dem Trottoir kauert. Die Beine zum Schneidersitz untergeschlagen, lehnt er an der Bahnhofsmauer. Und wie Bernie heute

Mittag im Park: mit zurückgelegtem Kopf isst er einen Butterkuchen, ihn vorsichtig aus einer Tüte zuzelnd. Das wirkt in diesen Zusammenhängen nicht so sakral und nicht so verrückt, wie Bernies Vorstellung heute Mittag. Es wirkt ernsthafter. Und es macht Sinn.

»Feierabend«, denke ich, nicht zum ersten Mal an diesem Tag. Ich stehe vor meiner Wohnungstür. Stecke den Schlüssel wieder in die Hosentasche und klopfe lieber. Ich höre Lotte unegal den Korridor entlangschlurfen. »Jetzt wird's aber Zeit, was?«, begrüßt sie mich. »Nur keine Hast.«, sage ich. Plötzlich wirklich entspannt, meine ich das auch so.

Lotte hatte eine zweite Garnitur dabei und hat sich umgezogen. Sie trägt einen dunklen Rollkragenpullover und eine, im Gesamtbild, elegante Hose von feinem grauem Stoff. Und ihr Haar, ihr Haar ist anders. Fluffig möchte ich sagen. Sie ist wirklich literaturfein und sieht ganz so aus, als wolle sie mit mir ausgehen. »Ich zieh mich mal um und wasch mir das Gesicht«, kündige ich an. Lotte nickt und geht zurück in die Küche.

Ich sitze zufrieden auf der Toilette. Lese in meinem Universallexikon. Ein einbändiges Universallexikon aus dem vorletzten Jahrhundert, das mir auf einem Flohmarkt in die Hände gekommen ist. Und jetzt liegt es auf der Wäschekiste neben dem Klo, weil ich gerne darin herumblättere. Man könnte auch sagen: 'surfe'. Ich habe dieses Buch sehr lieb gewonnen, weil der Eintrag zu unserer Stadt, geschrieben gut hundert Jahre bevor Bezeloh hier zu wirken begann, mir so ans Herz ging:

> *Ehemals Sitz des Herzogs, vormalige Hauptstadt des gleichnamigen, 1369 aufgelassenen, Fürstenthumes. 13444 E. Die Wohlhabenheit der Einwohner, wie auch deren Zahl, nimmt in neuerer Zeit stetig und sichtbar ab. Die Industrie beschränkt sich auf Strumpfstickerei und kleinere Holzarbeiten. Es gibt eine Spielkartenfabrik. Die Stadt liegt nicht weit ab von der Eisenbahn Hannover – Harburg und beherbergt ein vielfach interessantes, alterthümliches Rathaus.*

Man muss sich geradezu wundern, dass eine Stadt einen solchen Lexikoneintrag um hundertfünfzig Jahre überleben kann.

Heute aber lese ich den Eintrag zu: *Doktor Alban, Alban (Joh. Ernst Heinr.) widmete sich mit großem Eifer technischen Studien. Namentlich in Bezug auf die Dampfmaschinen. Er erfand einen neuartigen Dampferzeuger, wegen dessen er in vielfache Streitigkeiten verwickelt wurde.*

Fantastisch, denke ich, dass ich einen Sonderling, wie Doktor Alban gewiss einer war, kennenlernen kann. Weil Platz für ihn ist, in meinem einbändigen Universallexikon, auf meiner Toilette.

Ich wasche Hände, Achselhöhlen und Gesicht und spaziere, im blütenweißen Unterhemd, und erfrischt, in die Küche.

»Bezeloh sitzt ganz allein in seiner dämmrigen Küche und sieht traurig aus dem Fenster«, sagt Lotte. »Ich glaube, auf eine Art ist er ganz allein. Aber das ist ein Zeitproblem. Seine Wurzeln stecken in einer ganz anderen, längst zu Ende gegangenen Epoche«, sage ich ernst zu Lotte, die neben dem Fenster sitzt und nicht hinausschauen mag, aus Angst vor Bezelohs Einsamkeit. »Ich glaube, es ist nicht schlimm für ihn. Sein Kopf ist voll. Ein eigenes summendes Universum. Er braucht nicht ständig jemanden um sich«, tröste ich Lotte. »Aha. Du weißt ja Bescheid«, sagt Lotte, trotzdem ein bisschen beruhigt. »Müssen wir nicht langsam?« »Geht sofort los«, verspreche ich.

Ich wühle in meinem Zimmer, im Papierstoß mit Gedichten. Bin ein wenig unentschieden. Es darf nicht zu trübsinnig oder gefühlig sein. Und bloß kein Liebesgedicht. Nicht der Dichterclub: die Protokollführerin ist plötzlich die Instanz, die ich im Auge behalte. Schließlich ziehe ich blind eines aus dem Stoß, geht in Ordnung, ein Hemd über, und vergesse auch die Protokollmappe nicht.

Ich schließe das Küchenfenster, dabei sehe ich: um die Verwirrung komplett zu machen oder weil sie schon komplett ist, hat jemand mit großen, verlaufenden Buchstaben, chinesisch von oben nach unten zu lesen, ›Excalibur‹ auf das Schwert des falschen Obotriten gesprayt. »Oje«, sagt Lotte.

Ein Blick zur Küchenuhr: Tiet löppt. »Nimm eine Jacke mit, heute Abend wird's kühl«, ermahne ich Lotte im Flur, reich ihr einen Beutel für die Protokollmappe und schließe hinter uns die Wohnungstür. Als wir uns, über das Autodach von Fiedlers grauem Passat hinweg, ansehen, bereit von beiden Seiten einzusteigen, reckt Lotte ihren Hals, stößt die Indianernase in den Himmel und sagt: »Wahnsinn. Die Vögel.« Ich seh die schwarzen Häufchen feuchten Rußes auf dem Autodach. »Das macht Fiedler noch mal wahnsinnig«, weihe ich Lotte ein, »das sind nicht die Vögel, das ist Bernie. Immer wenn er Fiedler im Auto erwischt, quatscht er ihn an. Fiedler kurbelt brav die Scheibe runter. Bernie schnorrt eine Zigarette und lässt sich Feuer geben. Dann reden sie ein paar blödsinnige Sätze wie ›Na, Feierabend‹, oder: ›Und? Wie läuft das Geschäft?‹«

So, denke ich, könnte es gewesen sein. Denn von mir kommt nur einer der vielen Aschepickel auf dem grauen Blech. »Dann sind sie auch schon fertig mit Reden, aber noch nicht mit der Zigarette. Bernie raucht gemütlich auf, wobei er den Kopf in die Hände nimmt, die Ellenbogen aufs Autodach gestützt. So beobachtet er und kommentiert auch noch ein paar vorübergehende Frauen. Während Fiedler, der im Auto von Bernies Vorstellung gar nichts richtig mitkriegt, natürlich nur nach Hause und zu dir will«, breche ich eine Lanze für Fiedler. »Fiedler kann für eine Zigarettenlänge Zeit ein bisschen Autoradio hören oder dem dicken Berniebauch vorm offenen Seitenfenster Nettigkeiten in den Nabel flüstern. Wenn er fertig ist, drückt Bernie seine

Kippe auf dem Autodach aus. Beugt sich zu Fiedler herab, sagt was wie: ›Schönen Abend auch‹, und bläst ihm dabei eine Lunge voll Qualm ins Abteil«, bringe ich die kleine Szene zu einem plausiblen Ende. Lotte sieht mich verständnislos an. Dann sagt sie streng: »Ich meine: wie sie singen.«

Und wir schieben ab. In Fiedlers unappetitlichem Passat. Zwischen den beidseitig der Straße dicht geparkten Autos, rollen wir längs der dreigeschossigen Siedlungshäuser, die mit ihrem stumpfen Bug auf den idealen Punkt zu fluchten. Im Rückspiegel sehe ich, stoisch aber doch kleiner werdend, den falschen Obotriten auf Bezelohs Pritsche stehen. Er gibt dem Königsberger Stieg etwas Irres.

Dann sehen Lotte und ich staunend in den in beide Richtungen großartigen Himmel: hochgezwirbelte Wolken, wie aus locker zusammengeknüllten Fetzen feinster Spitze, stehen strahlend weiß und in ihrer filigranen Verletzlichkeit ganz unbeweglich, am Himmel. »Reinstes Rokoko«, beruhige ich Lotte, die schon wieder ganz aus dem Häuschen gerät. Davon haben wir wirklich keine Ahnung, aber so muss es sein: reinstes Rokoko. So etwas auch nur annäherungsweise hinzukriegen, darüber sind die Rokokomaler verzweifelt. Das haben die Frisöre und Perückenmacher, mit all ihrer Kunst, nicht auf die Erde geholt. Da sind auch die Konditormeister und Rokokobäcker, mit ihren Sahnehäubchen auf den Rokokotorten, weit hinter zurückgeblieben. Und heute, dreihundert Jahre später, materialisiert sich die Idee des Rokoko in ihrer reinen Ausprägung am Himmel. Dass sogar Lotte und ich gleich einen Begriff davon kriegen. Lotte staunt.

Und von hier aus geht's, ganz sachte, ganz leicht und wie von selbst. In Fiedlers komfortablem Passat gleiten wir hinab, in den Himmel über den Vororten. Fahren durch ein beiderseits der Straße eingezäuntes Areal, in dem junge Nadelbäume gehalten werden: die Weihnachtsbaumplantage der Stadt. Und sind schon im ersten Vorort. Auf dem rot gepflasterten Bürgersteig steht einer. An einen frisch gestrichenen Jägerzaun gelehnt. Da steht noch »Frisch Gestrichen« dran, und er lehnt trotzdem dagegen. Daumen im Wind. Ich stoppe Fiedlers Passat, und der Typ krabbelt gleich hinten rein. Steckt sich sofort, und ohne zu fragen, eine an. Kommt nicht mal auf die Idee, dass einer von uns schwanger sein könnte. Ich denke: gleich fliegen wir in die Luft, so viel Karbolineum wie der in den Klamotten hat. Lotte kurbelt das Fenster runter und sieht mich beleidigt von der Seite an. Keiner sagt was. Dem Typen sind wir viel zu stieselig. Oder er ist zu voll womit. Einer der denkt: er allein hätte schwer zu tragen und alles Anrecht auf Empfindsamkeit und Besondernis. Ungeniert schnappt er sich Fiedlers Reiselektüre, hält sich die Zeitung vors Gesicht, wird mit seiner Kippe noch ein Loch hinein brennen und vertieft sich in »Neues aus aller Welt«.

Ich konzentriere mich auf die Straße, die eigentlich keine besondere Konzentration erfordert. Wir passieren die Garage, in der ich einst mein Fahrrad ölte. Lotte zieht leidvolle Grimassen und klopft nervös auf dem Blech der Autotür herum. Es bleibt unkommentiert, als wir die Straße hinter uns lassen, an der die Erbkate liegt. Wo jetzt die Zwetschenbäume Zwetschen ansetzen.

Ich denke an Fiedlers Metamorphose hinter dem Lenkrad des Passats, auf dem Weg zum Bahnhof. Auch ich fühle entspannte Entschlossenheit in mir wachsen. Man hat es in der Hand: denke ich. Hinterm Lenkrad. Auf dem Fahrersitz wird man zum Souverän.

Dann kommt die Ortseinfahrt Deppenstedt. Und da gibt es tatsächlich so ein Phänomen: da wo das Ortsschild steht und die Straße eine leichte Linkskurve macht, steht immer Wasser. Auch wenn der letzte Schauer vor Vorgestern fiel. Jetzt, wo ich so tue, als ob ich das alles aktuell erlebe, in Wahrheit aber souverän am Schreibtisch sitze und nahezu alles in der Hand habe, möchte ich ein wenig in der Ortseinfahrt Deppenstedt verweilen und ein paar Gedanken auf das Phänomen dieser Wasserpfütze verschwenden. In dem regenreichen September letzten Jahres hatte sich diese Pfütze zu einem Tümpel entwickelt, auf dem sich zwei Entenfamilien ansiedelten. Die Freiwillige Feuerwehr musste einschreiten und zwangsumsiedeln sowie abpumpen. Da diese Pfütze fast ein Dauerproblem ist, dachte ich immer an einen defekten Hydranten in Deppenstedts Ortseinfahrt. Aber Bezeloh machte mich aufmerksam: auf die Straßenneigung in der Kurve, die lange sachte Abfahrt von der Stadt her und einen falsch gesetzten Gully. Alles Dinge, die die Dauerpfütze hinreichend erklären.

So etwas sieht Bezeloh aus seinem Lieferwagen heraus. Aus dem dritten Stock des Königsberger Stieges und von der Höhe seines Kontostands herab. Bezeloh ist auch ein Kosmonaut. Und: Bezeloh ist Präsident des Kaninchenzüchtervereins. In dem sich hauptsächlich verrentete Landarbeiter und alt gewordene Proletarier aus der Stadt vereinigen. Manchmal gelingt es ihnen, ein Enkelkind für die Idee des Vereins zu begeistern. Eine Begeisterung, die mit dem Einsetzen der Pubertät erlischt.

In dem hiesigen Verein hatte es nun einen Putsch gegeben: als der Präsident sich weigerte, den Hauptpreis der Tombola, anlässlich des alljährlichen Balles der Kaninchenzüchter, an eine Person auszuhändigen, die mit ihm im Zwist lag, aber eindeutig das große Los gezogen hatte. Bezeloh trat dem verwaisten Verein bei und, indem er zum Interimspräsidenten ernannt wurde, auch gleich vor. Seither läuft das Vereinsleben wie geschmiert, und Bezeloh präsidiert inzwischen in der zweiten Amtsperiode. Das ist, weil Bezeloh auch was von Kaninchen versteht. Weil er ein Zeitloch und Kosmonaut ist. Es gibt Bezelohbäume. Es wird bald einen Bezelohenkel geben, was vielleicht nicht zu hundert Prozent sicher ist, sicher aber wird es hier eine Bezelohstraße geben, und vorher noch die große Bezelohstory. Im Kreiskalender. Und wenn Lotte mich heute Abend auslacht für meinen Vortrag im Wunderhorn und wenn ich daraufhin das Dichten aufgebe: die Bezelohstory für den Kreiskalender schreiben, das übernehm ich noch.

Also: wir passieren diese Pfütze in der Ortseinfahrt Deppenstedt. Konzentriert wie ich fahre, ziehe ich den Passat nach links und vermeide, die Pfützenoberfläche in Aufregung zu versetzen. Eine Minute später meldet sich der Typ von der Rückbank her, den ich über diese Kaninchenzüchtergeschichte fast vergessen habe, was der genervten Lotte nicht eine Sekunde gelingen wollte. Der Typ lässt die Zeitung sinken, macht sich gerade und sagt, indem er mit dem Daumen über seine Schulter zurückweist: »Habt ihr das gesehen? Da stand eben eine Pfütze. Ganz senkrecht.«

Ganz schön bunt »Neues aus aller Welt«, denke ich.

Und hast du nicht gesehen fahre ich rechts ran, und Lotte sagt: »Raus!«. Und der Typ: mit einer Miene gelangweilten Trotzes krabbelt er ganz gemächlich aus dem Auto und auf den rot geklinkerten Bürgersteig. Gibt auch einen Jägerzaun hier, zum Dranlehnen. Und als wir weiterfahren, dreht Lotte sich kurz um und meldet dann: »Krumm und schief steht er da. Aber senkrecht. Wie 'ne Pfütze.«

Unter dem Rokoko des Himmels.

Seppenstedt, Reppenstedt, zwei Vororte noch wie einer. Aus einem Vorgarten winkt, auf langen Stängeln wankend, ein verschworenes Grüppchen Ritterspörner. Lotte streckt den Kopf, zurückblickend, weit aus dem Fenster. »Blaue Blumen. Hast du die gesehen? Wie noch bläuere Löcher im blauen Himmel.« Ich denke: Lotte, deine Prosa riecht gefährlich nach einer Überdosis Karbolineum. Pass auf, mit einem Bein bist du schon raus aus Fiedlers grauem Passat. Mit dem Spielbein stehst du schon auf dem rot geklinkerten Bürgersteig Seppenstedts.

Dann eine Birkenallee. Und die Kronen der Birken lecken wie grüngoldene Flammen in den Himmel. Ohne Übertreibung. Roggen: mannshoch längs der Straße. Graublaues Wogen und die silbrige Gischt der Ähren. »Huh«, sagt Lotte, »was für ein Korn.« »Roggen«, sag ich. »Ich meine, wie hoch es steht«, Lotte: »und die Strasse: geht dadurch wie Abraham durchs Tote Meer.« »Lincoln«, sag ich und: »Roggoggo«. Ich sehe Lotte an, ganz ernst und aus reinem Herzen sage ich ihr: »Lotte, du bist wirklich lustig.«

Dann geht's links ab. In den Wald hinein. Ein Weg für forstwirtschaftliche Nutzfahrzeuge. Auch wird es hügelig. Durch das geöffnete Fenster auf Lottes Seite streicht ein ganz warmes Lüftchen herein und der Geruch von sonnenwarmem Holz. Zwischen den Geraden der Baumstämme schweben schräg Lichtsäulen. Bis Unterholz und Schatten die Lichteffekte schlucken und es duster wird.

»Im Wald, im Wald, wo die Büchse knallt«, singt Lotte. Und der beschissene graue Passat von Fiedler holpert im Schritttempo dahin. Noch zwei, drei Wegschlaufen, und wir sind da. »Gleich einen Parkplatz gefunden!«, geb ich vor Lotte an. Die kneift die Augen zusammen, macht dicke Backen und nickt. Zu Fuß geht's weiter. Vom Weg ab. Einem kleinen Trampelpfad folgend, durch Brombeerbusch und Unterholz. An einer dichten Fichtenschonung entlang. In eine düstere Pflegeschneise hinein, die diese Schonung schnurgerade durchschneidet. Wir treten aus dem Schatten des Fichtentunnels auf eine größere Rodung, ins Licht einer Lichtung. Knietief stehen wir in kitzelnder Schmiele, die hier alles überwuchert hat. Auch die Ruinen der alten Baumstubben. Himbeerblaue Falter wehen hin und her. »Himmelblau«, sagt Lotte. »Blauer: himbeerblau«, sag ich. Lotte sieht in den Himmel und gibt mir Recht.

Vereinzelt stehen ein paar gewaltige Ammenkiefern in der Gegend herum. Ihre Stämme sind rot glühende Säulen in der frühen Abendsonne. Ihre Schirme haben sich Wolken gleich ausgebreitet in ihrer Freiheit. Ammenmärchenkiefern.

Und mitten auf dieser Lichtung, inmitten der Düsternis des Waldes, steht eine grau verputzte, schwarz gedeckte, unansehnliche Baracke: ein aufgegebenes Waldarbeiternest. Früher lag es versteckt, hinter dem immerwährenden Brüllen der Motorsägen, das lange schon verstummt ist. Die weiße Farbe platzt von den Fensterrahmen, und die dunkelbraune Tür scheint von faserigem Torf zu sein. Hier hat jetzt die Literaturgruppe Wunderhorn, als Verein anerkannt, und von städtischer Seite darüber hinaus gefördert, ihren Sitz. Ich nehme Lotte an der Hand, und wir gehen auf den Schuppen zu, wie einst Hänsel und Gretel aufs Lebkuchenhaus. Und plötzlich schlägt mein Herz, wie einst Hänsel seins.

Dann stehen wir in einem muffigen kleinen Flur. Lotte hängt ihre Jacke an die Garderobe. Und will gleich die Protokollmappe vergessen, die sie, in dem Beutel, zu der Jacke hängt. »Hehe!«, sag ich und weise sie auf die Tasche hin. Lotte macht den Ausfallschritt und grinst mich, um Vergebung bittend, an. Ich studiere noch kurz die im Flur aushängenden Kulturprogramme und Veranstaltungshinweise.

»Ist es schon in Gang?«, fragt Lotte drängelig.

Ich muss schon sagen: bis hierher, bis vor diese Tür, hab ich Nerven gehabt. Noch während der Anfahrt, hinterm Steuer, hab ich eine ganz schön große Klappe gehabt. Aber jetzt schlucke ich trocken, und der Kopf steckt mir in einer brummenden Glocke. Heute Abend werde ich eine Premiere anzetteln, und ich vergewissere mich meines Textes, den ich beinahe mit der Jacke an die Garderobe gehängt hätte. Wir öffnen die Tür. Kleinlaut und kleinmütig stolpern wir herein.

Der Referent, der das stille Publikum schon in seinen Bann gezogen hat, räuspert sich. Gestreng, will mir scheinen. Und wir geraten durch schieres Glück, ohne die Köpfe ein Mal zu heben, an zwei freie Plätze und sacken hinein. Erst jetzt, nachdem wir Teil geworden sind und unscheinbar im allgemeinen Publikum, riskieren wir Blicke in die Runde. Der Raum mit seinen sparkigen, grauweißen Wänden: heute schwimmt hier alles in gelbem Licht. Ein Licht, wie es in einem Bernstein angeht, wenn man ihn vor die Sonne hält. Der Raum ist voll vom Bernsteinlicht, dass ich nichts und niemanden genau ausmachen kann. Und auch der Referent bleibt eine undeutliche, dunkle Figur, schattenhaft wie die Einschlüsse im Bernstein, aus der es aber mit starker Stimme drastisch spricht:

*»Ich spreche hier vor interessierten Fachleuten! Ich brauche hier kein Blatt vor den Mund zu nehmen. Meine Damen und Herren! Als von der Stadt bestallter Honorarreferent werde ich mich bemühen, laut und deutlich zu Ihnen zu sprechen!«*

Hier wendet der Referent sich vom Publikum ab, vollführt dabei eine Bewegung, die ihn fischig, silbern aufleuchten lässt, und einer kleinen, Blasen werfenden Tafel zu. Auf der quietscht er mit Kreidekrümeln herum, die ihm immer wieder entfallen, sodass er im Verlaufe des Vortrages öfter hinter dem Pult abtaucht, um Kreide vom Boden aufzuklauben. Sein Referat aber erfüllt den Raum in stetigem Fluss, als wäre es ganz unabhängig von der Person, die da vor der kleinen Tafel wackelt und fuchtelt. »Kannst du lesen, was er da schreibt?«, frag ich Lotte. »Laut und deutlich?«, fragt sie zurück. »Ruhe!«, zischt es in unserer direkten Nachbarschaft.

*»Es geht mir ganz allgemein um das dichterische Schaffen. Um das Geschichtenerzählen im Besonderen. Meine Damen*

*und Herren! Eine Geschichte gehört aufgetakelt. Oh ja! Sie gehört herausgeputzt mit Worten, wie mit Lampions und Wimpeln. Wie ein Spielzeugschiffchen kann man sie dann auf ein Gewässer setzen, ihr einen letzten Stoß geben und zusehen, wohin sie treibt.*

*Man kann sie aber auch, meine Damen und Herren, man kann sie aber auch mit Worten überfrachten! Hoffnungslos überladen! Wie einen Bananendampfer, der ums Kap der Guten Hoffnung nie herumkommen wird. Eine solche Geschichte steht dann wie der sprichwörtliche Ochs vorm Kap Horn.*

*Das Deck unseres zweckmäßig herausgeputzten Geschichtchens aber wird sich beleben. Mit festlich und extravagant gekleideten Damen und Herren. Vielleicht hat sich ein Hercule Poirot, vielleicht ein Stiebel Eltron in Verfolg ganz eigener Angelegenheiten unter die Gesellschaft gemischt. Vielleicht finden sich im Zwielicht Unterdecks ein Ostap Bender, ein Herbert Kopelke beim Vollzug ganz überraschender Manöver, ganz unerhörter Händel. Das wird die Geschichte uns entdecken, in ihrem Verlauf. Oder aber sie wird darüber hinweggehen. Meine Damen und Herren! Das können wir ja gar nicht sagen.*

*Am Heck jedenfalls, am Heck sieht man eine Kinderschar die Schiffsschraube füttern. Mit roten Bällen, bunten Fähnlein, und als das nicht reicht, entledigen sie sich ihrer Kappen und Lackschuhe.*

*Natürlich hört der Leser dieser Geschichte, was die lärmende Gesellschaft und die schaumschlagende Turbine übertönen: ein fernes, dumpfes Tosen! Meine Damen und Herren! Aus der uns jederzeit möglichen Vogelperspektive sähen wir, was wir längst ahnen: den Wasserfall, in dessen gewaltigem Sog sich das Bötlein längst befindet.*

*Meine Damen und Herren. Hier müsste eine gute Geschichte nun enden. Während aufgeregte Kameraleute jetzt erst mit ihrer Arbeit begännen. Die Kameras selbst würden sie tanzen lassen, wie in Strudeln. Die roten Bälle sprängen durch das Bild, Richtung Bug. Dann rutschten die Tassen und Flaschen klirrend und berstend bugwärts. Schließlich die ganze zappelige Gesellschaft. Und obenauf ergäbe sich dem Regisseur eine dicke Schicht von Kuchen und Torten, während die Kamera, plötzlich wieder ruhig und distanziert, zuschaute, wie das Schiff, ächzend über die Kante des Wasserfalls knickt.«*

Der Referent verstummt. Steht einen Moment still, wie sinnierend, vor der Tafel.

*»Meine Damen und Herren! Ich lasse mich treiben! Zurück zur Geschichte. Wie gesagt: unsere Geschichte ist hier natürlich längst, also inzwischen ja bestimmt schon ein, zwei Seiten, zu Ende. Herzlichen Dank.«*

Der Referent wischt hemdsärmelig die Tafel. Schnappt seine Aktentasche und eilt, über knirschende Kreidekrümel, zum Ausgang. Während der Applaus, tosend wie ein Wasserfall, gegen die schon ins Schloss fallende Tür schwillt. Nie habe ich, in diesem Hause, einen solchen Beifall erlebt. Der Raum muss gepackt voll mit Menschen sein. Das geht weit über den gewöhnlichen Publikumszuspruch der Wunderhorn-Sitzungen hinaus. Ich überlege, ob dass dem Gastreferenten geschuldet ist? Liegt es an der ausführlichen Ankündigung im Wochenblatt, oder bricht sich hier ein allgemeiner kultureller Aufschwung imVorfeld des Obotritenspektakels Bahn?

Ich nutze den Tumult, tippe Lotte an die Schulter: »Lotte, oben drüber das Datum. Siebter Sechster. Oben drüber. Dann der Name des Referenten und Stichworte zum Text. Hast du das Tafelbild?« »Wie denn?«, fragt sie jämmerlich, »Man sieht ja nichts.« »Aber schreib auf, schreib auf, was du hörst«, ermahne ich meinen Ersatzprotokollführer, als ob es sehr davon abhinge.

Unter der Deckung des Applauses hat sich jemand positioniert. Ich kann gar nicht sagen: wer oder wo. Eine entschlossene Männerstimme fragt: »Darf ich dann?«, in die Runde und beginnt, ohne Antwort abzuwarten, routiniert und selbstgewiss mit dem ersten literarischen Vortrag dieses Abends:

*»Wie mein Sohn mich einmal an der Hand nahm*

*Am Ende meiner Jugend, endlich aus Träumen erwachend, zeugte ich mir einen Sohn, zum Zeugen. Nannte ihn Nabel und gab ihm so seinen Platz in seiner, in meiner, in unserer kleinen Welt. Im folgenden Jahr konnte ich ihn von der Steuer absetzen. Von der Muttermilch auch.*

*Es war in seinem zweiten Lebensjahr, als ich in eine Krise geriet, seine Mutter verließ und ihn auch, mich einer allgemeinen psychologischen Bewegung anzuschließen. Sorgte aber, dass man ihn nährte, mit italienischen Tortellini, biologischem Wurstersatz, spanischem Stier und französischer Kultur. Und siehe, sah ich, er gedieh.*

*Jahre später einmal kam er mich besuchen. Um mich auf einen Spielplatz auszuführen, wie er es voll kindlichem Charme ausdrückte, auf dem er auch einsame Stunden zugebracht hätte, wie er mir gestand. Gemeinsam brachen wir auf.*

*Es war ein weitläufiger, mit ausgesuchtem Spielgerät bestückter Spielplatz. In einem Park gelegen. Wir nahmen Platz, mein Sohn und ich, auf einer Bank am Rande.*

*Den Spielplatz hatte man mit schluckenden Teppichen ausgelegt. Der Himmel über dem Park war chromfarben und hart. Es herrschte Sachzwangwetter. Ich meinte, ich müsste meinen Sohn aufmuntern. Der saß stumm und bekümmert am Rande und mochte nicht mitspielen, mit den Kindern, die ernst Frohsinn trieben. Da erhob ich mich und mischte mich unter die spielenden Kinder. Wir spielten Mann und Frau, Krieg und Frieden, große, weite Welt und auch Gewinn und Verdruss. Wir zerrten einander an den kleidsamen, bunten Kinderschlipsen, schlugen uns mit Silberlöffeln. Ich vergaß das Drumherum, indem ich mit den gierigen und grausamen Kindern spielte. Ich vergaß meinen Sohn, der mich hier ver-*

*gessen hat und längst nicht mehr auf seiner Bank sitzt. Vielen Dank«,* entlässt der nicht fassbare Fabulierer das Publikum in Fassungslosigkeit. Abgesehen von leichtem Gemurmel ringt sich niemand zu einer entschiedenen Reaktion durch. Nur Lotte: sie sitzt mit vor der Brust verschränkten Armen in ihren Stuhl zurückgelehnt, nachdem sie den Stift mit großer Geste auf die Protokollseiten geworfen hat. »Großmäuliger Spinner«, sagt Lotte entschieden. »Wetten, der hat keine Kinder?«, fragt die Erziehungsexpertin weiter. »Lotte«, verleg ich mich aufs Betteln, »du sollst das hier nicht alles kommentieren, du musst Protokoll führen. Ein Protokollführer darf ruhig so ein bisschen unparteiisch sein. Aber er muss Notizen machen.«

Ein Räuspern kommt vom Rednerpult her. In der allgemeinen Fassungslosigkeit hat sich jemand zum Vortrag entschieden. Oder er stand schon vorher dort, und Nabels forscher Vater ist ihm frech zuvorgekommen. Vorwurfsvoll räuspert sich ein Männchen im Strickpullover, wie ich undeutlich erkenne, noch einmal und versengt die Versammlung, indem es durch eine große Brille, in der die tief stehende Sonne brennt, in die Runde blickt. Er räuspert sich ein drittes Mal und kündigt ein Liebesgedicht an. Nach einer kurzen Pause der Sammlung hebt er an, mit hoher, nur leicht bebender Stimme, frei zu rezitieren:

*»Krumen*
*und knistriger Bodensatz*
*sind geblieben von dem langen*
*und leichtfüßig dahin tollenden Jahr*
*das uns altes Ehepaar zurück ließ*
*auf unserer immer gleichen sambawackeligen Bank*
*am Ufer des raunend und umstandslos immer dieselbe*
*plätschernde Geschichte vortragenden Flusses*
*inmitten unseres zweiten Mais der uns all die*

*lächerlichen und kirmesbunten Drometen*
*an die Hand gab auf denen ich*
*herumposaunte*
*und*
*ein Sträußlein ganz und gar*
*stierhafter Maiglöckchen*
*ist nichts von geblieben nichts*
*als knistriger Bodensatz und*
*Krumen«*

Der Mann senkt den Kopf mit der gleißenden Brille und verharrt einen Moment reglos. Ich weiß nicht, was heute los ist, mit den anderen. Ich weiß nicht einmal, wer die anderen heute sind. Ich beginne wild zu klatschen. Aber das ununterscheidbare Publikum, das leuchtet, aber nicht auszumachen ist im Leuchten, wie man eine starke Lichtquelle nicht sehen kann, wenn man in sie hinein blickt, scheint geteilter Ansicht: nur ein paar wenige finden sich in den von mir vorgelegten Applaus. Nörgeleien werden laut, und ermutigen Lotte zu der schnöden Bemerkung: »Jetzt ist aber einer, umstandslos und raunend, im selbstgehäkelten Schlauchboot den Wasserfall hinuntergetrudelt.«

Ich habe gewusst, dass Liebesgedichte nicht ihre Sache sind. Und sie setzt noch einen drauf: »Deine Dichter: ich glaub, die kann man mit der Hand fangen.« Lotte nimmt ihre ›Schlag mich nicht, war nur ein kleiner Witz‹-Haltung ein. Mir reichts. Ich bin drauf und dran, ihr die Protokollführerschaft zu entziehen. Wir streiten uns um Mappe und Stift, als es neben uns wieder zischt: »Könnt ihr zwei nicht Ruhe halten!« Erhitzt wende ich mich um und fauche: »Es geht hier, immerhin, ums Protokoll« zurück ins Nichts vor dem lichterlohen Westfenster, als es sich vom Pult her räuspert und uns die furchtbare Brille mit einem erneuten Sengen überzieht. Fester kündigt die Stimme ein weiteres Gedicht an:

*»Spaziergangsblues*
*Deine Bänder, deine Stecken*
*Hab ich dir nie geneidet*
*Weide deine Gäule wo du magst*
*Säe deine Würmer wann du willst*
*All das kümmert mich nicht mehr.«*

Dieser so genannte Spaziergangsblues, er nimmt Fahrt auf von Strophe zu Strophe, und der Vortragende wird seiner Sache immer sicherer. Da ergeht sich keiner spazierend in der Gegend, da schmeißt einer die Klamotten hin, und zieht zornig und auf Nimmerwiedersehen von dannen. Er verlässt den Chef, dessen «Hüte und Kronen« nur noch lumpige Verkleidung sind und dessen «Sprüche und Lügen« ihre Macht verloren haben.

*»Wuchs alles zu Staub in deinem Schatten*
*Schmeckte alles nach Rost von deinen Silberlöffeln«,*

wirft er dem Patron noch an den Kopf, bevor er davongeht, und den Bann, in den er geschlagen war zerbricht. Der Spaziergangsblues walzt zu guter Letzt daher wie ein Arbeitskampfmarsch, und das kleine Brillenmännchen – ich glaube inzwischen ein altes Mitglied des Wunderhorn in ihm zu erkennen – hat einen triumphierenden Ton gefunden:

*»All das kümmert mich nicht mehr*
*Bin längst unterwegs mit meinen Siebensachen«*

Die Brille erlischt abtretend. Applaus bricht los im Raum – das Publikum ist gewaltig, aber dennoch eine anonyme Größe, die mir vielleicht weniger Angst macht, als die intime Wunderhorn-Runde der gewöhnlichen Sitzungen. Lotte, heute Vormittag noch argwöhnische Reservistin im Arbeitskampfalltag, kriegt sich gar nicht wieder ein: klatscht wild, aber täppisch Beifall. Ich mache mir Sorgen, dass sie sich dabei den Protokollierstift in den Handteller jagt. »Misch dich nicht so ein!«, wiederhole ich meine Mahnung. »Wer war das?«, fragt Lotte. »Der Mann, den du eben noch mit der Hand fangen wolltest«, sag ich, nicht ohne Vorhaltung. »Wetten, das war ein anderer. Wie heißt der?«, schreit Lotte über den Applaus hinweg. »Dieser Mann hat eine Brille, aber wie manch Künstler zwei Seiten«, belehre ich sie. »Und der hat sie beide vollgeschrieben«, stellt Lotte bewundernd fest. Und als es ruhiger wird, murmelt sie, über die Protokollmappe gebeugt: »Zwei in ganz unterschiedliche Tonerden gestimmte Saiten hat der Mann jedenfalls.« Und mir ist, als würde sie das als essigsaure Essenz zu Protokoll nehmen.

Schon während der letzten Strophe des Spaziergangsgedichtes ist ein kompakter Schatten neben das Pult getreten, der jetzt einen Stoß Manuskriptseiten sortiert und, als er das Ende des Applauses ruhig abgewartet hat, uns in den zu erwartenden Vortrag seines Werkes einführt: »Ich möchte hier ein Gedicht verlesen. Eigentlich gehört es vielstimmig gesungen. Es handelt sich dabei um den Text zu einem Chorwerk. Es ist der Abschlussgesang des Kartoffel-Chorals.« Dann erklärt dieser äußerst besonnen erscheinende Mensch, dass das Chorwerk in seiner Gesamtheit und choralen Ausprägung auf dem Obotritenfest am Wochenende zur Darbietung kommen werde. Seine kleine Rezitation daraus an dieser Stelle sei so auch als Werbung zu verstehen.

Und jetzt beginnt diese Person, unerschütterlich gelassen, in ein wenig erdig abgeschliffener Diktion, seinen Vortrag, manchmal beinahe vernuschelt, sodass es schwer fällt, eine Idee vom Inhalt, erst recht aber vom eigentlich unterlegten Rhythmus des lyrischen Werkes zu bekommen.

So macht es mir allein die Art des Vortrages schwer, den Kartoffel-Choral an dieser Stelle zu rekonstruieren. Nach dem, was Lotte als Protokollführerin bis hierhin geboten hat, brauche ich wohl nicht darauf hinzuweisen, dass es sich bei all den bisher vorgestellten literarischen Werken um von mir verfertigte Gedächtnisprotokolle handelt.

Nur dieser Kartoffel-Choral – ich vermag nicht, ihn angemessen zu rekonstruieren. Auch, wenn mir die Kartoffel ganz deutlich vor Augen schwebt und mich, wiederum und in ganz anderen Zusammenhängen, an Bezeloh denken lässt.

In diesem langen Poem wird die Kartoffel als unschuldig, vieläugig, nahrhaft und auch mehlig beschrieben. Fast refrainartig werden ihr diese zu einer Zeile gebündelten Eigenschaften immer wieder angehängt, dieses ist wohl der dem Werk zugrunde liegenden Liedhaften Struktur geschuldet.

In der Anfangssequenz wird der Kartoffel gedacht, wie sie, als Grundbirne noch, unschuldig den alten Kontinent erreicht, dann schon bald, als Erdapfel jetzt, nahrhaft Fritzens große Armee sättigt, um von da ab, gemütlich, und nun als Kartoffel nahezu töffelig, fast überall mit von der Partie zu sein.

So zieht er seine breite Spur, der Kartoffel-Choral, durch die Zeit und über den Kontinent. Pflügt seine Furche, wie ein gewaltiger, ein metaphysischer Kartoffelroder, um schließlich in einem nüchtern gehaltenen, modernen Bekenntnis zu der traditionsreichen Knolle zu endigen:

*»Knoblauch fürs Blut*
*Broccoli für die Verdauung*

*Artischocken aus lauter Toleranz*
*Aber Bratkartoffeln*
*Gemütlich, nahrhaft und auch mehlig*
*fürs Selbst*
*mit Bratkartoffeln im Bauch*
*spielt ihr schärfere Spiele*
*verdient ihr mehr Geld*
*und gebt auch mehr aus*
*als noch eure Eltern für anständig hielten.«*

Schon wegen des lokalen Bezugs, die hiesige Kartoffel ist ein Weit und Breit anerkanntes Qualitätserzeugnis, zollt das Publikum dem Vortrag mit spontanem Applaus Beifall. Der Redner, selbst ein kartoffeliger Mensch, scheint sich am Pult zu verbeugen, ohne dass diese Bewegung seine knolligen Umrisse veränderte. Lotte hat der Vortrag kaum erreicht. Ich ahne, dass die Kartoffel ihr nichts bedeuten kann: als unterirdisch grobförmige Antithese zu allem Vogeligen. »Lotte,«, raunze ich sie an, »Lotte: Stichworte zu den Textinhalten. Textart. Name des Autors!« »Die stellen sich ja nicht mal vor«, mault Lotte. Da hat sie Recht. Heute, wo das Abendglühen Feuerschutz im Raum bietet, treten viele forsch hervor mit einem Text und verschwinden hinterher wieder in der Anonymität der blendenden Glut. Sie lassen gar keinen Raum, ein paar Worte über die Texte zu verlieren. Das Risiko ist heute geringer, als an gewöhnlichen Tagen: denke ich.

»Ich möchte von meinem Platz aus lesen.« Meldet eine klare, eine gelassene Frauenstimme an. In der Versammlung bricht Unruhe aus. Man blickt sich um. Versucht, den Platz zu lokalisieren. Heute hat sich schon einer vorgemauschelt. Der Raum glüht jetzt. Es ist eine wilde, rote Glut. Eine Glut an der Grenze zum Bösen. Der Sonnenuntergang: er findet hier, in der Baracke statt.

»Aufstehen!«, schreien einige. Und stehen, um sich blinzelnd, selber auf. »Lasst sie doch!« und »Hinsetzen!«, schreien andere. Und mitten in diese brodelnde Unruhe hinein beginnt die glasklare Stimme ihren Vortrag:

*»Vom Künstler, seinem ganzen Leben und den Früchten, die es trug*

*In einem Klinikum, nicht weit von hier, gleiten Ärzte, Assistenten und Hebammen, entlang ihrer neonerleuchteten Nachtschicht. Manchmal geraten sie in den Sog der Wehen. In einen wilderen Rhythmus. Und assistieren den Frauen, die darüber zu Müttern werden.*

*Weit nach Mitternacht, vor vielen Jahren, erschien auch er. Sozusagen auf dem Seitenstreifen einer solchen, weiter in die fortschreitende Nacht gleitenden Nachtschicht. Eine bläuliche Handvoll. Grübelnd presste er seine Augen zu, dass sie die Formen zweier tiefvioletter Kaffeebohnen annahmen. Er schien noch nicht zum Bleiben entschlossen. Er spielte mit dem Gedanken, sich wieder um-, und wegzustülpen. Er versuchte, sein Gesicht, als Erscheinung eben erst etabliert, von unten nach oben, mit zahnlosem Mund, gleich wieder wegzukauen.«*

Ich denke: heute haben sie es aber mit Kindern und Elternschaft. Ich werfe einen besorgten Seitenblick auf Lotte, die aber ganz entspannt dasitzt und am Bleistift kaut.

*»Ein Vater, der ihn verdutzt und bestürzt betrachtete, bemühte sich, nicht schlecht von ihm zu denken. Er hielt sich still vor: ich darf nie vergessen, dass es ihm einmal zufallen wird, eine Spielzeugschaufel frühlingsfeuchter Erde auf die hölzerne Brust meines Sarges zu werfen. Es sollen ihr keine Flüche hinterherrieseln. Und er griff nach der blauen Hand des bläulichen Häuflein Sohnes.*

*Viele Jahre später. Sohn und Vater hatten das alles längst vergessen. Der Vater war darüber hinaus gestorben. Nie-*

*mand hatte Erde rieseln lassen, niemand geflucht bei seiner Einäscherung, an einem goldenen Tag im Herbst.*

*Der Sohn aber krabbelte zu jener Zeit aus einem Graben. Eine verlotterte Folklore, die so umging. Kletterte gleich auf eine Bretterbühne. Ein müder Blues herangeweht, von weit vor gestern her. Ein junger Zornzausig.«*

»Zaunkönig«, verbessert Lotte murmelnd. »Zankzeisig«, wäre hier mein Vorschlag.

*»Ein junger Zornzausig. Ein sinnlos schöner Vogel. Ein krächzender Exzess, in zu großen, flattrigen Klamotten. Zog dann herum, mit einer Meute. Die bald sein Instrumentarium schleppte. Auf seinen Wink hin rissen sie ihm seine Witzchen. Und sie verirrten sich. Eine richtungslos am Horizont hin und her wehende Karawane. Ihre Fahnen hingen ihnen ins Gesicht. Er war es, der stumme Nagelbeißer, der am schwersten wog, auf dem Rücken der Packtiere, der die alten Witze abwinkte, wenn ihm danach war.«*

Hier nun bin ich mit der Karawane über den Horizont der Geschichte hinaus und ins Abseits geraten. Einen Moment treibe ich verloren in unklaren Gedanken. Ich raffe mich auf. Sehe zu Lotte hinüber. Sie sitzt tatsächlich tief über das Protokollheft gebeugt. Strichelt herum, auf der weißen Seite. Ich versuche, etwas zu erkennen. Es handelt sich eher um eine Zeichnung, denke ich. Das Flugbild eines Milans. Vielleicht. Ich sage nichts mehr dazu, fasse aber den Entschluss, Lotte gleich, wenn dieser lange Vortrag an sein Ende gekommen sein wird, mit dem Vortrag meines Gedichtes aus der Vogelperspektive, zu erlösen.

Die glasklare Stimme der Referentin beginnt mich wieder zu tragen:

*»Jahre später sah man ihn wieder. Eine Vogelscheuche auf einem weiten Stoppelfeld war er. Und er war Ich. Nur und ganz und gar: Ich. Ich, und um ihn herum nichts als der Schatten, den die Krempe seines schäbigen Hutes warf. Dann erst, erst dann kam der Rest der Welt. Die Sonne aber sank in*

*seinem Rücken. Der Schatten bekam eine Richtung und wuchs über das ganze Feld. Ein baumlanger Schatten, der über die Stoppel kroch und auch noch schräg über die Straße ragte. Manch einer wollte hier einen Fingerzeig erkennen.*

*In einem baumlangen Sarg hat man ihn zu Grabe getragen. Es geschah dies an einem Tag, voll von Grillen Gezirp. Und sein Begräbnis: ein krächzender Exzess.«*

Hier bricht der Vortrag ab. Und es bleibt still, dass man das Knistern hört, vom allmählichen Verglühen im Raum. Oder ist es das Schaben, das daher rührt, dass Lotte den Protokollierstift spitzt. »Für deinen Vortrag. Kannst ja auch vom Sitz aus«, will sie mich anschieben. Und einer ruft wieder: »Aufstehen!«, etwas bedrohlich schon, meint mich aber nicht. Trotzdem erhebe ich mich schon einmal. Aus eigenem, freiem Entschluss. Glätte den Papierbogen mit der Niederschrift meines Gedichts, bin sogar Willens, ans Pult zu schreiten. Im Raum bemerke ich eine Unruhe. Andere erheben sich auch. Stühle werden gerückt. Und eine sachliche Stimme äußert, sie wünsche sich Bedenkzeit. Und für heute wäre es wohl mehr als genug. Applaus kleckert los. Papier raschelt. Verschlüsse schnappen, und die Versammlung gurgelt unter Gemurmel zur Tür hinaus.

Die Glut im Raum ist erloschen. Aschgrau und muffig lässt die Versammlung ihn zurück. Alle Geräusche sind erstorben. Durch die halb offene Tür fährt ein maues Lüftchen herein. Ein paar welke Manuskriptseiten erheben sich und werden in einer matten Welle vors Rednerpult gespült. Eine lustlose Zugabe. Lotte schlägt die Protokollmappe zu und sagt:

»Raus hier.«

## KAPITEL XV

Einen Moment stehen wir an der Schwelle zur alten Welt.

Grauviolett schimmert sie noch milde. Wir stapfen ein paar entschlossene Schritte ins Kitzelgras. Lassen uns dann, wild entschlossen wie zwei Steine, fallen. Unter den still geronnenen schwarzen Wolken der Kiefernschirme. Mitten in den milden Abend, der von dort herabrieselt. Während weit, weit im Westen ein anderer Himmel die letzte Glut zusammenkratzt und Orange auf Rosa türmt.

»Blaubeerrot«, sagt Lotte. Unwidersprochen. Und hier, neben mir, hebt sie jetzt eine Hand und sagt: »Jetzt singen sie wieder. Müde, he? Aber ist doch schön. Wie gekritzelt.« Und Lotte sinkt auf den Rücken und ist im Gras verschwunden.

»Schmiegsam schmeichelt die Schmiele der Schwiele.« Seufzt die Verschwundene noch eine kleine Lyrik in den Abend.

Und ich höre sie kritzeln. Sie kritzeln mit rotem Kugelschreibergesang immer dieselben verwobenen Linien entlang. Bis der Abend längs dieser Linien zerfällt. Zu einem Puzzle. In vielteilige Stille und in ein helles farbloses Dämmern, das erst ganz allmählich voll läuft mit der dunklen Tinte der Nacht. Und der Mond: wie ein sauber abgeschnittener Fingernagel liegt er in der Tintentunke.

Jetzt ist es merkwürdig still. Und ich denke wieder, dass sie komische Zeiten haben. Auch ist noch nicht die Zeit der Grillen. Kein Lüftchen, das sich regt. Kein Knacken. Kein Knistern. Ganz selten ein Seufzen oder vernehmbares Ausatmen von Lottes Seite her. Und ein-, zweimal geckernde Vögel, die über das eigene Lautwerden erschrecken und ihr Geckern gleich wieder verschlucken.

Die ganze Welt: hat sich abgewandt. Nichts von mir kann nach außen dringen. Das ganze Außen ist abwesend. Ich stecke, wie die Stämme der Ammenkiefern, im Nichts, wie die Kronen der Bezelohbäume, die aus der Zeit herausgewachsen sind.

Irgendwann klappt Lotte hoch. Taucht auf aus dem Gras. Kratzt jammernd ihren Rücken. Streicht und knetet sich, mit beiden Händen, das Gesicht, wie einen eingeschlafenen Fuß.

Wir schlagen uns durch den nächtlichen Wald. Lärmen heil- und hoffnungslos herum, in der feindseligen Stille. Und erreichen, außer Atem, Fiedlers beschissenen, grauen Passat.

»Du«, sag ich zu Lotte und lasse den Autoschlüssel vor ihrer Nase baumeln. Sie legt die Protokollmappe aufs schmutzige Dach von Fiedlers Passat, schnappt sich den Schlüssel, der immer noch baumelt und schließt auf. Gleichzeitig tauchen wir, von gegenüberliegenden Seiten her, in den Fahrzeugsesseln auf. Schlagen, ganz im Einklang, die Türen zu. Und es ist wie ein Nachhausekommen, in Fiedlers Passat. Wegen ihrer ungleichen, aber egalweg zu kurzen Beine muss Lotte den Fahrzeugsitz vorschieben. Sie kurbelt das Fenster herunter und hebt eine Hand, während sie konzentriert lauscht: » So eine Stille. Die Welt schläft. Atemlos«, sagt sie. Dann lässt sie den Motor an.

Wir schaukeln, hinterm Lichtkegel her, durch den finsteren Wald. Kein nächtliches Tier wischt ertappt aus der Lichtbahn. Ein paar Blatt weißen Papiers trollen sich, schimmernd und schwebend, ins Dickicht. Ich sehe auf Lottens schöne Handtiere, die gelassen und schlafwandlerisch am Lenkrad herumturnen. »Das ist ja wie im Traum«, bemerkt sie versonnen, »deine Dichter füttern noch die dichte, satte Nacht mit ihrem Zettelwerk.«

Seppen-, Reppen-, Deppenstedt. Es ist ein langer

Weg. Lotte schaukelt uns nach Hause. Sie findet aus dem zweiten Gang nicht heraus. Ab und an umflattern uns die im Licht aufleuchtenden Papierbögen wie große, schlaffe Motten. Wie waschlappige Meteoriten. Und ich denke: Lotte kann nicht Auto fahren. Und sie hat als Protokollführerin versagt. Sie hat die Protokollmappe auf dem Autodach liegen lassen. Und die Nacht: frisst jetzt die hastig beschriebenen Seiten der Protokolle eines ganzen Sitzungsjahres. Zu guter Letzt ich: hab wieder kein Gedicht vorgetragen heute.

Lotte und ich: wir sind spät dran. Sind müde und zerschlagen bis unter die Hutkrempe. Kommen vom Treffen der Literaturgruppe »Wunderhorn e.V.« heut Nacht.

Lotte und ich: wir sitzen in Fiedlers beschissenem Passat. Er trägt uns durch die Mondscheinfelder und die abseitige Stille der Vororte. Der Passat kriecht die lange, kaum merklich ansteigende Gerade hoch. Auf einen fernen, wie ich finde: idealen Punkt zu.

Und er wird langsamer und langsamer, der Passat. Als würde die Zeit zäher und ziehiger werden. Dann erstirbt das Motorengeräusch. Wir bleiben stehen. Und beginnen ganz allmählich zurückzurollen. Bis die fassungslose Lotte die Handbremse zieht.

Sie versucht zu starten, aber nichts geht. »Benzin«, sag ich. Klar funktioniert die Tankanzeige in Fiedlers Passat nicht. Selbstredend fährt Fiedler keinen gefüllten Reservekanister spazieren. Ich bin meiner Sache sicher: »Der Tank ist leer.«

»Wir sind Pechvögel. Heute«, stellt Lotte ruhig fest. »Wir sind noch nicht einmal in Deppenstedt«, merke ich an. Müde, aber seltsam aufgeräumt, schieben wir den Passat auf den Grünstreifen. Zwischen die Alleebirken. Und machen uns auf den Weg. Lotte hat sich aus dem Auto Fiedlers Wolldecke geangelt, die für alle Fälle, und wirft sie sich über die Schultern.

Nicht lang, und wir kommen an einem dieser wetterfesten, ländlichen Bushaltekabäuschen vorbei. »Wollen wir uns nicht einfach da drinnen ein bisschen ausruhen?«, fragt Lotte. Und ich wundere mich: sonst, wenn sie auf den Bus wartet, setzt sie nicht einen Fuß in diese Buden. »Warum nicht«, sage ich, »das ist wohl das Beste.«

Lotte wickelt sich in die Wolldecke. Legt sich auf die Bank. Ihren Kopf in meinen Schoß. Einen Moment schaut sie mir von dort ins Gesicht. »Was für ein schöner Tag das war«, sage ich. »Ich bin bis obenhin satt davon.« Sie nickt und schließt die Augen. Dann nimmt sie meine Hand. »Aber morgen wird's hart«, stellt sie fest. »Wir schnappen uns den ganz frühen Zwölfer, dann haben wir noch Zeit. Während du duschst, mache ich uns ein Frühstück. Mit allem Drum und Dran«, schlage ich vor. Lotte nickt. Nach einer stillen Weile frage ich sie: »Muss man Vogelkükenmumien kauen, damit du einen liebst? Und wie viele? Und was hat das für Nebenwirkungen?« Lotte lacht leise, ohne die Augen zu öffnen. Zieht den Kopf zwischen die Schultern und drückt meine Hand. Bald darauf schläft sie.

Ich sehe eine Weile auf den Ausschnitt der Welt vor der Kabufföffnung. Ich sehe ein Stück Nacht. Der Mond ist schon abgetaucht, kein Stern zu sehen. Unbeleuchtet scheint die Nacht nicht mehr so finster und tiefschwarz. Hochnebel scheint aufgekommen: die Nacht ist grau geworden. Langsam schält sich aus dem Grau der Nacht der Pulk Zuschauer. Sie stehen auf der begrenzten Weltbühne und sehen herein. In der Meinung: Lotte und ich wären die Akteure. Die Bühne wäre hier drinnen.

Wo kommt ihr her? Immer noch unterwegs, im Schlepp des Silbermannes? Ich sehe euch ganz deutlich: andächtig fast steht ihr da.

Vorsichtig, um Lotte nicht zu wecken, ohne ihre

Hand loszulassen, angle ich eine liegen gebliebene Zeitung aus der Kabuffecke. Ich lehne den Kopf an die Wand, und lasse den papierenen Vorhang hinunter. Ich meine es gut mit euch, ihr sollt sie haben, die Seite: »Neues aus aller Welt«